FOLIO POLICIER

Sébastien Japrisot

Piège pour Cendrillon

UN ROMAN PRÉSENTÉ
PAR INGRID ASTIER

Denoël

À dix-sept ans, Sébastien Japrisot publie sous son vrai nom (Jean-Baptiste Rossi) son premier roman, *Les mal partis*. Après une période où il écrit directement pour le cinéma (*Le passager de la pluie*), il revient à la littérature avec *L'été meurtrier* (prix des Deux-Magots 1978). Il est l'auteur de nombreux romans qui ont tous connu le succès dont *Un long dimanche de fiançailles*, prix Interallié, adapté au cinéma en 2004 par Jean-Pierre Jeunet.

Sébastien Japrisot est l'un des auteurs français les plus populaires à l'étranger, il s'est éteint en mars 2003.

INGRID ASTIER

Noir sur blanc

Les dernières lignes de *Piège pour Cendrillon* datent de février 1962. Tout y est blanc, tout y est froid car Sébastien Japrisot est le roi des climats. Une femme, gantée de blanc, pâlit. Cette femme, c'est l'héroïne. On taira son nom. Elle a toujours froid. Le début du roman aussi était blanc. Auréolé de cierges, un cercueil passe. Blanc. Du blanc, du blanc partout, semé dans l'écriture noire. Et le feu qui, au lieu de réchauffer, calcine et accroît l'ombre.

Piège pour Cendrillon est un roman intemporel, plus préoccupé par l'éternel humain que par l'esprit d'une époque. Il puise aux passions humaines, aux mythes et aux contes. Cendrillon, bien sûr, mais aussi Narcisse. Un Narcisse moderne, qui, dans son reflet, ne parviendrait plus à s'aimer. Si les eaux restent létales, ce sont celles de la conscience. Des eaux souterraines et sournoises. Peut-on se noyer en soi-même ? Car le plus grand danger est là, au fond de soi. C'est désormais Caïn qui rôde et le vers terrible de Victor

Hugo : « L'œil était dans la tombe et regardait Caïn. » La culpabilité, la lucidité : deux morsures dont l'homme ne sait cicatriser. « Il y a tout à coup un grand éclat de lumière blanche qui me crève les yeux », nous dit l'héroïne dans les premières pages. Ce ton, tout en confidence, c'est Japrisot. Cette façon de dévoiler l'âme féminine avec une palette infinie, de s'insinuer dans la souffrance humaine, de la bercer et de la secouer, comme si rien ne lui échappait. Nulle écriture n'aura approché les femmes d'aussi près. Il y a de la reptation amoureuse dans cette façon de tourner autour d'elles, de les observer puis de les capturer dans les rets de la phrase. Le vrai piège est là, dans le regard de Japrisot. Il tisse une toile serrée où la femme semble prise à jamais.

La voici, donc, cette héroïne qui se débat. Avec sa solitude, son identité et tous ces blancs qui sèment la vacuité. Elle est blessée. Profondément brûlée. Amnésique aussi, comme vidée d'elle-même. Sous ses pansements, elle se demande qui elle est. « Les jours passent. Je suis seule. Seule à chercher. Seule à essayer de comprendre. » Au docteur Dinne, elle dit : « Je voudrais me voir. » Comme une prière pour provoquer la métamorphose. Mais peut-on faire la paix avec la part la plus abîmée de soi ? Celle, abyssale, qui détient les clefs de la personnalité et dont nous semblons trop souvent le jouet. Dans *Piège pour Cendrillon*, cette femme est une momie. Son cocon de bandelettes – blanc – la replie sur son intériorité. Privée d'apparence et de mémoire, la voici concentrée sur son passé, confrontée à elle-même. Que voit-elle, dans cette rencontre avec soi ? Et surtout, qui ? À travers ce voyage au centre de soi-même, l'amnésique découvre une part si sombre qu'elle la terrorise et fait d'elle une étrangère. Elle en vient à douter de la réalité. Et si tout était faux ? Le docteur Dinne lui parle comme à unc « petite fille » qu'il faut « préserver d'elle-même ».

Car sous les pansements se cache un poison : l'abandon.

Piège pour Cendrillon est un roman virtuose où le monde est un vêtement trop grand pour soi, et l'identité un corset trop étroit. Ce regard tourné vers soi, dans l'impossible introspection, a la beauté cruelle d'un huis clos. Le « connais-toi toi-même » des Grecs vire à l'enfer. Quant aux autres, ils se muent en ombres. Mi dit à Do : « J'ai besoin, j'ai besoin, j'ai besoin qu'on m'aime. » Mais on le sait, *notre besoin de consolation est impossible à rassasier*.

Alors, Cendrillon perd pied.

Tahiti, novembre 2015

Ingrid Astier vit à Paris. Elle choisit le roman noir pour sa faculté à se pencher sans réserve sur l'être humain. *Quai des enfers* (Folio Policier n° 642), son premier roman, a été récompensé par quatre prix, dont le Grand Prix Paul-Féval de littérature populaire de la Société des Gens de Lettres. Il campe pour héroïne la Seine, et a fait d'elle la marraine de la Brigade fluviale. Entre western urbain et romantisme noir, *Angle mort* (Folio Policier n° 750), Prix Calibre 47, a été salué comme « le mariage du polar et de la grande littérature », et la relève du roman policier français.

J'AURAI ASSASSINÉ

Il était une fois, il y a bien longtemps, trois petites filles, la première Mi, la seconde Do, la troisième La. Elles avaient une marraine qui sentait bon, qui ne les grondait jamais lorsqu'elles n'étaient pas sages, et qu'on nommait marraine Midola.

Un jour, elles sont dans la cour. Marraine embrasse Mi, n'embrasse pas Do, n'embrasse pas La.

Un jour, elles jouent aux mariages. Marraine choisit Mi, ne choisit jamais Do, ne choisit jamais La.

Un jour, elles sont tristes. Marraine qui s'en va, pleure avec Mi, ne dit rien à Do, ne dit rien à La.

Des trois petites filles, Mi est la plus jolie, Do la plus intelligente, La est bientôt morte.

L'enterrement de La est un grand événement dans la vie de Mi et de Do. Il y a beaucoup de cierges, beaucoup de chapeaux sur une table. Le cercueil de La est peint en blanc, molle est la terre du cimetière. L'homme qui creuse le trou porte une veste à boutons dorés. Marraine Midola est revenue. À Mi qui lui donne un baiser, elle dit : « Mon amour. » À Do : « Tu taches ma robe. »

Passent les années. Marraine Midola, dont on parle en baissant la voix, habite loin, écrit des lettres avec des fautes d'orthographe. Un jour, elle est pauvre et elle fait des chaussures pour les dames riches. Un jour, elle est riche et elle fait des chaussures pour les dames pauvres. Un jour, elle a beaucoup d'argent et elle achète de belles maisons. Un jour, parce que grand-père est mort, elle vient dans une grande auto. Elle fait essayer à Mi son beau chapeau, elle regarde Do sans la reconnaître. Molle est la terre du cimetière, et l'homme qui la jette dans le trou de grand-père porte une veste à boutons dorés.

Plus tard, Do devient Dominique, Mi une Michèle lointaine qu'on voit parfois aux vacances, qui fait essayer à sa cousine Do ses belles robes d'organdi, qui attendrit tout le monde dès qu'elle ouvre la bouche, qui reçoit des lettres de marraine commençant par « mon amour », qui pleure sur la tombe de sa maman. Molle est la terre du cimetière, et marraine garde son bras autour des épaules de Mi, de Micky, de Michèle, elle murmure des choses douces que Do n'entend pas.

Plus tard, c'est Mi qui est en noir parce qu'elle n'a plus de maman, et qui dit à Do : « J'ai besoin, j'ai besoin, j'ai besoin qu'on m'aime. » C'est Mi qui veut toujours tenir la main de Do quand elles vont en promenade. C'est Mi qui dit à sa cousine Do : « Si tu me donnes un baiser, si tu me tiens contre toi, je ne le dirai à personne, je me marierai avec toi. »

Plus tard encore, peut-être deux années, peut-être trois années après, c'est Mi qui embrasse son père sur le ciment d'une piste d'aéroport, devant le grand oiseau qui va l'emporter loin, près de marraine Midola dans un pays de voyages de noces, dans une ville que Do cherche du doigt sur ses cartes de géographie.

Plus tard encore, c'est Mi qu'on ne voit plus jamais qu'en photo, dans les magazines aux couvertures glacées. Un jour, elle a de longs cheveux noirs, elle entre en robe de bal dans une immense salle tout en marbre et en dorures. Un jour, elle a de longues jambes, elle est allongée en maillot de bain blanc sur le pont d'un voilier blanc. Un jour, elle conduit une petite voiture découverte où sont montés, gesticulants, des jeunes gens agrippés les uns aux autres. Quelquefois, elle a un joli visage grave, un léger froncement de sourcils au-dessus de ses beaux yeux clairs, mais c'est à cause du soleil qui rebondit sur la neige. Quelquefois, elle sourit, très près, en regardant l'objectif bien en face, et la légende, en italien, dit qu'elle sera un jour l'une des plus grandes fortunes du pays.

Plus tard encore, marraine Midola va mourir, comme meurent les fées, dans son palais de Florence, de Rome, ou de l'Adriatique, et c'est Do qui invente ce conte, dont elle sait bien, parce qu'elle n'est plus une petite fille, qu'il est faux.

Il est juste assez vrai pour l'empêcher de dormir, mais marraine Midola n'est pas une fée, c'est une vieille dame riche qui fait toujours des fautes d'orthographe, qu'elle n'a jamais vue qu'à des enterrements, qui n'est pas plus sa marraine que Mi n'est sa cousine : ce sont seulement des choses qu'on dit aux enfants des femmes de ménage, comme Do, comme La, parce que c'est gentil et que ça ne fait de mal à personne.

Do, qui a vingt ans comme la petite princesse aux longs cheveux des photos de magazines, reçoit chaque année, pour Noël, des escarpins cousus à Florence. C'est pour cela, peut-être, qu'elle se prend pour Cendrillon.

J'ASSASSINAI

Il y a tout à coup un grand éclat de lumière blanche qui me crève les yeux. Quelqu'un se penche au-dessus de moi, une voix me traverse la tête, j'entends des cris qui se répondent dans de lointains corridors, mais je sais que ce sont les miens. J'aspire du noir par la bouche, un noir peuplé de visages inconnus, de murmures, et je meurs à nouveau, heureuse.

Un instant plus tard – un jour, une semaine, une année après –, la lumière revient de l'autre côté de mes paupières, mes mains brûlent, et ma bouche, et mes yeux. On me roule dans des couloirs vides, je crie encore, c'est le noir.

Quelquefois, la douleur se concentre en un seul point, derrière ma tête. Quelquefois, je sens qu'on me déplace, qu'on me roule ailleurs, et elle se ramifie dans mes veines, comme un jet de flamme qui m'assèche le sang. Dans le noir, il y a souvent du feu, souvent de l'eau, mais je ne souffre plus. Les nappes de feu me font peur. Les gerbes d'eau sont froides, et douces à mon sommeil. Je voudrais que s'effacent les visages, que s'éteignent les murmures. Quand j'aspire du noir par la bouche, je voudrais le noir le plus noir, je voudrais me glisser au plus profond dans l'eau glacée, ne plus revenir.

Soudain, je reviens, tirée vers la douleur par tout le corps, clouée par les yeux sous la lumière blanche. Je me débats, je hurle, j'entends mes cris très loin, et la voix qui me traverse la tête dit brutalement des choses que je ne comprends pas.

Noir. Visages. Murmures. Je suis bien. Ma petite fille, si tu recommences, je frappe ton visage avec les doigts de papa qui sont jaunis par les cigarettes. Allume la cigarette de papa, mon poussin, le feu, souffle l'allumette, le feu.

Blanc. Douleur sur les mains, sur la bouche, dans les yeux. *Ne bougez pas. Ne bougez pas, ma petite. Là, doucement. Je ne fais pas mal. Oxygène. Doucement. Là, bien sage, bien sage.*

Noir. Visage de femme. Deux fois deux quatre, trois fois deux six, coups de règle sur les doigts. On sort en rang. Ouvre bien la bouche quand tu chantes. Tous les visages sortent par rang de deux. *Où est l'infirmière.* Je ne veux pas de murmures en classe. On ira se baigner aux beaux jours. *Est-ce qu'elle parle ? Au début, elle délirait. Depuis la greffe, elle se plaint de ses mains, mais pas de son visage.* La mer. Si tu vas trop loin, tu te noieras. *Elle se plaint de sa mère, d'une maîtresse qui lui donnait des coups sur les doigts.* Les vagues sont passées par-dessus ma tête. L'eau, mes cheveux dans l'eau, plonge, resurgit, lumière.

Je resurgis un matin de septembre, visage et mains tièdes, allongée sur le dos dans des draps propres. Il y avait une fenêtre près de mon lit, une grande tache de soleil en face de moi.

Un homme vint, qui me parla d'une voix très douce, pendant un temps qui me parut trop court. Il me demanda d'être sage, de ne pas essayer de bouger ma tête ou mes mains. Il parlait en détachant les syllabes. Il était calme et rassurant. Il avait un long visage osseux, de grands yeux noirs. Seule, sa blouse blanche me faisait mal. Il le comprit en me voyant baisser les paupières.

Il vint la seconde fois en veston de laine grise. Il me parla encore. Il me demanda de fermer les yeux pour répondre oui. J'avais mal, oui. Dans la tête, oui. Sur mes mains, oui. Il me demanda si je savais ce qui était arrivé. Il vit que je gardais les yeux ouverts désespérément.

Il s'en alla et mon infirmière vint me faire une piqûre pour dormir. Elle était grande, avec de grandes mains blanches. Je compris que mon visage n'était pas à découvert comme le sien. Je fis un effort pour sentir sur ma peau le pansement, les pommades. Je suivis en pensée, bout par bout, la bande qui s'enroulait autour de mon cou, passait sur ma nuque et sur le sommet de ma tête, tournait autour de mon front, évitait les yeux, tournait encore vers le bas du visage, tournait, tournait. Je m'endormis.

Les jours qui suivirent, je fus quelqu'un qu'on déplace, qu'on alimente, qu'on roule dans les couloirs qui répond oui en fermant les yeux une fois, non deux fois, qui ne veut pas crier, qui hurle quand on refait ses pansements, qui essaie de faire sortir par ses yeux les questions qui l'oppressent, qui ne peut ni parler, ni bouger, une bête dont on nettoie le corps avec des crèmes, l'esprit avec des piqûres, une chose sans mains, sans visage : personne.

— On enlèvera vos bandes dans deux semaines, dit le docteur au visage osseux. Franchement, je regretterai un peu : je vous aimais bien en momie.

Il m'avait dit son nom : Doulin. Il était content que je fusse capable de me le rappeler après cinq minutes, encore plus de m'entendre le prononcer sans l'écorcher. Au début, quand il se penchait sur moi, il ne disait que mademoiselle, ma petite, sage. Je répétais : madécole, sagiplication, malarègle, des mots que mon esprit savait faux, mais que mes lèvres durcies formaient malgré moi. Il appela plus tard cela du « télescopage », il disait que c'était moins ennuyeux que le reste et que cela passerait très vite.

Il me fallut en effet moins de dix jours pour reconnaître, en les entendant, les verbes et les adjectifs. Les noms communs me prirent quelques jours de plus. Je ne reconnus jamais les noms propres. Je pus les répéter aussi correctement que les autres, mais ils n'évoquaient rien que les paroles du docteur Doulin. Sauf quelques-uns, comme Paris, France, Chine, place Masséna ou

Napoléon, ils restèrent enfermés dans un passé que j'ignorais. Je les réapprenais, c'était tout. Il était pourtant inutile de m'expliquer ce que signifiaient manger, marcher, autobus, crâne, clinique, ou n'importe quoi qui n'était pas une personne, un lieu, un événement déterminés. Le docteur Doulin disait que c'était normal, que je n'avais pas à me tracasser.

— Vous vous rappelez mon nom ?

— Je me rappelle tout ce que vous avez dit. Quand pourrai-je me voir ?

Il bougea et j'eus mal en voulant tourner les yeux pour le suivre. Il revint avec un miroir. Je me regardai, moi, deux yeux, une bouche, dans un long casque dur, entouré de gaze et de bandes blanches.

— Il faut plus d'une heure pour défaire tout ça. Ce qu'il y a dessous sera paraît-il très joli.

Il tenait le miroir devant moi. J'étais adossée à un oreiller, presque assise, mes bras le long du corps, liés au lit.

— On va détacher mes mains ?

— Bientôt. Il faudra être sage et ne pas trop bouger. On les attachera seulement pour dormir.

— Je vois mes yeux. Ils sont bleus.

— Oui. Ils sont bleus. Maintenant, vous allez être gentille. Ne pas remuer, ne pas réfléchir. Dormir. Je reviendrai cet après-midi.

Le miroir disparut, et cette chose avec des yeux bleus et une bouche. Le long visage osseux fut à nouveau devant moi.

— Dodo, momie.

Je sentis que je glissais dans la position couchée. J'aurais voulu voir les mains du docteur. Les visages, les mains, les yeux, c'était le plus important à ce moment-là. Mais il s'en alla, et je m'endormis sans piqûre, lasse de tout le corps, me répétant un nom, comme les autres inconnu, le mien.

— Michèle Isola. On m'appelle Mi, ou Micky. J'ai vingt ans. J'en aurai vingt et un en novembre. Je suis née à Nice. Mon père habite toujours Nice.

— Doucement, momie. Vous avalez la moitié des mots et vous vous fatiguez.

— Je me rappelle tout ce que vous avez dit. J'ai vécu plusieurs années en Italie avec ma tante qui est morte en juin. J'ai été brûlée dans un incendie, il y a trois mois.

— Je vous ai dit autre chose.

— J'avais une voiture. Marque MG. Immatriculée TTX 66.43.13. Couleur blanche.

— C'est bien, momie.

Je voulais le retenir, et une douleur brusque remontait le long de mon bras jusqu'à la nuque. Il ne restait jamais plus de quelques minutes. Ensuite, on me donnait à boire, on me faisait dormir.

— Ma voiture était blanche. Marque MG. Immatriculée TTX 66.43.13.

— La maison ?

— Elle se trouve sur un promontoire, appelé Cap Cadet. C'est entre La Ciotat et Bandol. Il y avait un étage, trois pièces et une cuisine en bas, trois pièces et deux salles de bains en haut.

— Pas si vite. Votre chambre ?

— Elle donnait sur la mer et sur une agglomération appelée Les Lecques. Les murs étaient peints en bleu et en blanc. Je vous dis que c'est idiot. Je me rappelle tout ce que vous dites.

— C'est important, momie.

— Ce qui est important, c'est que je répète. Ça n'évoque rien. Ce sont des mots.

— Vous les répéteriez en italien ?

— Non. Je me rappelle caméra, casa, machina, bianca. Je vous l'ai déjà dit.

— Ça suffit pour aujourd'hui. Quand vous irez mieux, je vous montrerai des photos. On m'en a donné trois grosses boîtes. Je vous connais mieux que vous ne vous connaissez, momie.

C'était un docteur nommé Chaveres qui m'avait opérée, trois jours après l'incendie, dans un hôpital de Nice. Le docteur Doulin disait que son intervention, après deux hémorragies dans la même journée, avait été très jolie à observer, pleine de détails prodigieux, mais qu'il ne souhaitait à aucun chirurgien d'avoir à la refaire.

J'étais dans une clinique de Boulogne, celle du docteur Dinne, où l'on m'avait transportée un mois après la première opération. J'avais fait une troisième hémorragie dans l'avion, parce que le pilote avait été obligé de prendre de l'altitude un quart d'heure avant d'atterrir.

— Le docteur Dinne s'est occupé de vous quand la greffe n'a plus donné de souci. Il vous a fait un joli nez. J'ai vu les plâtres. Je vous assure que c'est très joli.

— Et vous ?

— Je suis le beau-frère du docteur Chaveres. J'ai un service à Sainte-Anne. Je vous ai suivie à partir du jour où l'on vous a amenée à Paris.

— Qu'est-ce qu'on m'a fait ?

— Ici ? Un joli nez, momie.

— Mais avant ?

— Ça n'a plus d'importance puisque vous êtes là. Vous avez de la chance d'avoir vingt ans.

— Pourquoi ne puis-je voir personne ? Si je voyais quelqu'un, mon père, ou n'importe qui que j'aie connu, je suis sûre que tout me reviendrait d'un coup.

— Vous avez le génie des mots, ma petite. Des coups, vous en avez pris un sur la tête qui nous a assez embêtés. Moins vous en prendrez maintenant, mieux ça vaudra.

Il souriait, avançait lentement sa main vers mon épaule, me touchait une seconde sans appuyer.

— Ne vous tracassez pas, momie. Tout ira très bien. Dans quelque temps, vos souvenirs reviendront un à un, doucement, sans faire bobo. Il y en a de bien des sortes d'amnésie, presque autant qu'il y a d'amnésiques. Mais la vôtre est très, très gentille. Rétrograde, lacunaire, sans aphasie, même pas un bégaiement, et tellement étendue, tellement pleine que le trou ne peut plus, maintenant, que rétrécir. Alors, c'est un tout petit, tout petit machin.

Il me montrait son index et son pouce rapprochés. Il souriait, se relevait avec une lenteur calculée, pour m'éviter de bouger les yeux trop brutalement.

— Soyez sage, momie.

Il vint un moment où je fus assez sage pour qu'on renonce à me matraquer, trois fois par jour, d'une pilule au fond de mes bouillons. C'était à la fin septembre, près de trois mois après l'accident. Je pouvais faire semblant de dormir et laisser ma mémoire s'arracher les ailes contre les barreaux de sa cage.

Il y avait des rues ensoleillées, des palmiers devant la mer, une école, une salle de classe, une maîtresse aux cheveux tirés, un maillot de bain de laine rouge, des nuits illuminées de lampions, des musiques militaires, du chocolat que tendait un soldat américain, – et le trou.

Après, c'était le violent éclat de lumière blanche, les mains de l'infirmière, le visage du docteur Doulin.

Quelquefois, très nettes, d'une netteté dure et inquiétante, je revoyais des mains épaisses de boucher, aux doigts lourds et pourtant agiles, un visage d'homme empâté, aux cheveux ras. C'était les mains et le visage du docteur Chaveres, entrevus entre deux matraquages, entre deux comas. Un souvenir que je situais au mois de juillet, quand il m'avait ramenée dans cet univers blanc, indifférent, incompréhensible.

Je faisais intérieurement des comptes, la nuque douloureuse contre mon oreiller, les paupières closes. Je voyais ces comptes s'inscrire sur un tableau noir. J'avais vingt ans. Les soldats américains, disait le docteur Doulin, donnaient du chocolat aux petites filles en 1944 ou 1945. Mes souvenirs n'allaient pas plus loin que cinq ou six années après ma naissance. Quinze ans gommés.

Je m'attachai à des noms propres, parce que c'était des mots qui n'évoquaient rien, qui ne se rattachaient à rien dans cette nouvelle vie qu'on me faisait vivre. Georges Isola, mon père. Firenze, Roma, Napoli. Les Lecques, Cap Cadet. C'était en vain, et j'appris plus tard, par le docteur Doulin, que je me battais contre un mur.

— Je vous ai dit de rester tranquille, momie. Si le nom de votre père ne vous rappelle rien, c'est que vous avez oublié votre père avec le reste. Son nom n'a rien à voir.

— Mais je sais, quand je dis le mot fleuve, le mot renard, de quoi il s'agit. Est-ce que depuis l'accident j'ai vu un fleuve, un renard ?

— Écoutez, coco, quand vous serez d'aplomb, je vous promets que nous aurons une longue conversation là-dessus. Pour l'instant, je voudrais que vous restiez sage. Dites-vous seulement que vous êtes enfermée dans un processus défini, catalogué, on pourrait presque dire : normal. Je vois dix vieillards, tous les matins, qui n'ont pas pris de coups sur la tête et qui sont presque exactement dans le même cas. Cinq ou six ans, c'est à peu près l'âge limite de leurs souvenirs. Ils se souviennent de leur maîtresse d'école, mais pas de leurs enfants ou petits-enfants. Ça ne les empêche pas de faire leur belote. Ils ont à peu près tout oublié, mais pas la belote ni le tour de main pour rouler leurs cigarettes. C'est comme ça. Vous êtes en train de nous embêter avec une amnésie d'un caractère sénile. Vous auriez cent ans, je vous dirais : « portez-vous bien », et j'en ferais mon deuil. Mais vous en avez vingt. Il n'y a pas une chance sur un million pour que vous restiez comme ça. Vous comprenez ?

— Quand pourrai-je voir mon père ?

— Bientôt. Dans quelques jours, on vous enlèvera cette chose moyenâgeuse que vous avez sur la figure. Après on verra.

— Je voudrais savoir ce qui s'est passé.

— Plus tard, momie. Il y a des choses dont je voudrais être bien certain, et si je reste trop longtemps, vous serez fatiguée. Alors, le numéro de la MG ?

— 66.43.13 TTX.

— C'est exprès que vous le dites à l'envers ?

— C'est exprès, oui ! J'en ai assez ! Je veux bouger mes mains ! Je veux voir mon père ! Je veux sortir d'ici ! Vous me faites répéter des choses idiotes, chaque jour ! J'en ai assez !

— Sage, momie.

— Ne m'appelez plus comme ça !

— Je vous en prie, calmez-vous.

Je levai un bras, un énorme poing de plâtre. Ce fut le soir de « la crise ». L'infirmière vint. On m'attacha les mains à nouveau. Le docteur Doulin se tenait debout contre le mur en face de moi et me regardait avec des yeux fixes, pleins d'humiliation et de rancœur.

Je hurlais, ne sachant plus si j'en avais après lui ou après moi. On me fit une piqûre. Je vis entrer d'autres infirmières, d'autres docteurs. Ce fut la première fois, je crois, où je pensai réellement à mon apparence physique. J'avais la sensation de me voir par les yeux de ceux qui me regardaient, comme si je me dédoublais dans cette chambre blanche, dans ce lit blanc. Une chose informe, avec trois trous, laide, honteuse, hurlante. Je hurlais d'horreur.

Le docteur Dinne vint me voir les jours suivants et me parla comme à une petite fille de cinq ans, un peu trop gâtée, un peu peste, qu'il fallait préserver d'elle-même.

— Si vous recommencez cette comédie, je ne réponds plus de ce que nous trouverons sous vos pansements. Vous n'aurez à vous en prendre qu'à vous.

Le docteur Doulin ne revint pas d'une longue semaine. Ce fut moi, plusieurs fois, qui dus le réclamer. Mon infirmière, à qui l'on avait dû faire des reproches, après « la crise », ne répondait à mes questions qu'à contrecœur. Elle me détachait les bras deux heures par jour, et gardait durant ces heures les yeux fixés sur moi, soupçonneuse et mal à l'aise.

— C'est vous qui me veillez, quand je dors ?
— Non.
— Qui est-ce ?
— Une autre.
— Je voudrais voir mon père.
— Vous n'êtes pas en état.
— Je voudrais voir le docteur Doulin.
— Le docteur Dinne ne veut plus.
— Dites-moi quelque chose.
— Quoi ?
— N'importe quoi. Parlez-moi.
— C'est défendu.

Je regardais ses grandes mains, qui me semblaient belles et rassurantes. Elle finissait par sentir ce regard et par en être gênée.

— Cessez de me surveiller comme ça.
— C'est vous qui me surveillez.
— Il faut bien, disait-elle.
— Quel âge avez-vous ?
— Quarante-six ans.
— Il y a combien de temps que je suis ici ?
— Sept semaines.
— Pendant sept semaines, c'est vous qui m'avez gardée ?
— Oui. Ça suffit, maintenant.
— Comment j'étais, les premiers jours ?
— Vous ne bougiez pas.
— Je délirais ?
— Quelquefois.
— Qu'est-ce que je disais ?
— Rien d'intéressant.
— Quoi, par exemple ?

— Je ne me rappelle plus.

Au bout d'une autre semaine, une autre éternité, le docteur Doulin entra dans la chambre avec un paquet sous le bras. Il portait un imperméable taché qu'il n'enleva pas. La pluie battait contre les vitres à côté de mon lit.

Il vint jusqu'à moi, toucha mon épaule comme il avait l'habitude de le faire, très vite, sans appuyer, me dit bonjour momie.

— Je vous ai attendu longtemps.

— Je sais, dit-il. Ça m'a valu un cadeau.

Il m'expliqua que quelqu'un, à l'extérieur, lui avait fait porter des fleurs, après « la crise ». Le bouquet – des dahlias, parce que sa femme les aimait – était accompagné d'un petit porte-clefs de voiture. Il me le montra. C'était un objet rond, en or, qui sonnait les heures. Très utile pour les stationnements en zone bleue.

— C'est mon père le cadeau ?

— Non. Une personne qui s'est chargée de vous depuis la mort de votre tante. Vous l'avez beaucoup plus vue que votre père, ces dernières années. C'est une femme. Elle s'appelle Jeanne Murneau. Elle vous a suivie à Paris. Elle prend de vos nouvelles trois fois par jour.

Je lui dis que ce nom ne me rappelait rien. Il prit une chaise, mit son porte-clefs en marche et le posa près de mon bras, sur le lit.

— Dans un quart d'heure, ça sonnera. Il faudra que je m'en aille. Vous allez bien, momie ?

— J'aimerais que vous ne m'appeliez plus comme ça.

— Demain, je ne vous appellerai plus comme ça. On vous conduira en salle d'opération dans la matinée. On enlèvera votre pansement. Le docteur Dinne pense que tout sera bien cicatrisé.

Il défit le paquet qu'il avait apporté. C'était des photos, des photos de moi. Il me les présenta une à une, observant mon regard. Il ne semblait pas s'attendre à me voir retrouver le moindre souvenir. Je n'en retrouvai d'ailleurs pas. Je voyais une jeune fille aux cheveux noirs, qui me parut très jolie, qui souriait beaucoup, qui avait la taille très fine et de longues jambes, qui avait seize ans sur certaines photos, dix-huit sur d'autres.

Les images étaient glacées, délicieuses et terribles à voir. Je n'essayais même pas de me rappeler ce visage aux yeux clairs, ni les paysages successifs qu'on me montrait. Dès la première photo, je savais que ce serait peine perdue. J'étais heureuse, avide de me regarder et plus malheureuse que je ne l'avais jamais été depuis que j'avais ouvert les yeux sous la lumière blanche. J'avais envie de rire et de pleurer. Finalement, je pleurai.

— Allez, coco, ne soyez pas sotte.

Il rentra les photos, malgré le désir que j'avais de les voir encore.

— Demain, je vous en montrerai d'autres où vous n'êtes pas seule, mais avec Jeanne Murneau, votre tante, votre père, des amis que vous aviez il y a trois mois. Il ne faut pas trop espérer que cela vous ramènera votre passé. Mais cela vous aidera.

Je dis oui, que je lui faisais confiance. Le porte-clefs sonna près de mon bras.

Je revins de la salle d'opération à pied, soutenue par mon infirmière et un assistant du docteur Dinne. Trente pas le long du couloir dont je ne voyais que le carrelage, sous la serviette qui me couvrait la tête. Un damier noir et blanc. On me mit au lit, les bras plus fatigués que les jambes, parce que mes mains étaient toujours dans leurs lourdes armatures.

On me redressa, dans une position assise, l'oreiller derrière mon dos. Le docteur Dinne, en veston, vint nous retrouver dans la chambre. Il paraissait satisfait. Il me regardait d'une curieuse façon, attentif à chacun de mes mouvements. Mon visage nu me semblait froid comme la glace.

— Je voudrais me voir.

Il fit un signe à l'infirmière. C'était un petit homme corpulent, sans beaucoup de cheveux. L'infirmière revint vers le lit avec le miroir dans lequel je m'étais vue, sous mon masque, deux semaines auparavant.

Mon visage. Mes yeux regardant mes yeux. Un nez court et droit. Une peau tendue sur des pommettes accusées. Des lèvres gonflées qui s'entrouvraient sur un petit sourire inquiet, un peu pleurard. Un teint qui n'était pas livide, comme je m'y attendais, mais rose, frais nettoyé. Une figure somme toute agréable, qui manquait de naturel parce que je n'osais pas encore bouger les muscles sous la peau, qui me parut nettement asiatisée, à cause des pommettes, des yeux étirés vers les tempes. Mon visage immobile et déroutant, sur lequel je vis couler deux larmes tièdes, puis d'autres, d'autres encore. Mon visage à moi, qui se brouillait, que je ne pouvais plus voir.

— Vos cheveux repousseront vite, dit l'infirmière. Regardez, en trois mois, ce qu'ils ont gagné sous le pansement. Vos cils aussi vont rallonger.

Elle s'appelait Mme Raymonde. Elle me coiffait du mieux qu'elle pouvait : trois doigts de cheveux qui cachaient des cicatrices, qu'elle arrangeait mèche par mèche pour leur donner du volume. Elle nettoyait mon visage et mon cou avec du coton hydrophile. Elle lissait mes sourcils. Elle ne semblait plus m'en vouloir de « la crise ». Elle m'apprêtait chaque jour comme pour un mariage. Elle disait :

— Vous ressemblez à un petit bonze et à Jeanne d'Arc. Vous savez qui c'est, Jeanne d'Arc ?

De l'extérieur, comme je le lui avais demandé, elle m'avait apporté un grand miroir qui restait accroché au pied de mon lit. Je ne cessais de m'y regarder que pour dormir.

Elle me parlait plus volontiers aussi, pendant les longues heures de l'après-midi. Elle s'asseyait sur une chaise, près de moi, elle faisait du tricot, elle fumait une cigarette, si proche qu'en penchant un peu la tête, je pouvais voir nos deux visages dans le miroir.

— Il y a longtemps que vous êtes infirmière ?

— Vingt-cinq ans. Dix ans que je suis ici.

— Vous avez déjà eu des malades comme moi ?

— Il y a beaucoup de gens qui veulent changer de nez.

— Ce n'est pas de ces malades que je parle.

— J'ai gardé une amnésique, une fois. Il y a longtemps.

— Elle est guérie ?

— Elle était très vieille.

— Montrez-moi encore des photos.

Elle allait prendre sur une commode la boîte que nous avait laissée le docteur Doulin. Elle me présentait une à une des images qui ne m'avaient jamais rien évoqué, qui ne me causaient même plus le plaisir des premiers moments, quand je me croyais au bord de retrouver la suite de ces gestes figés en 9 × 13, sur papier glacé.

Je regardais pour la vingtième fois quelqu'un qui avait été moi, qui me plaisait déjà moins que la jeune fille aux cheveux courts présente au pied de mon lit.

Je regardais aussi une femme obèse, portant lorgnons, aux lourdes bajoues. C'était ma tante Midola. Elle ne souriait jamais, portait des châles tricotés sur les épaules, et toutes les photos la montraient assise.

Je regardais Jeanne Murneau, qui avait été pendant quinze ans dévouée à ma tante, qui ne m'avait pas quittée durant les six ou sept dernières années, qui était venue habiter Paris lorsqu'on m'avait transportée après l'opération de Nice. La greffe, un carré de peau de vingt-cinq centimètres sur vingt-cinq, c'était elle. Et aussi les fleurs dans ma chambre, renouvelées chaque jour, les chemises de nuit que je me contentais de regarder, les fards qu'on m'interdisait encore, les bouteilles de champagne qu'on rangeait contre un mur, les confiseries que Mme Raymonde distribuait à ses collègues dans le couloir.

— Vous l'avez vue ?

— Cette jeune femme, oui. Plusieurs fois, vers treize heures quand je vais déjeuner.

— Comment est-elle ?

— Comme sur les photos. Vous pourrez la voir dans quelques jours.

— Elle vous a parlé.

— Oui. Plusieurs fois.

— Qu'est-ce qu'elle vous a dit ?

— « Veillez bien sur ma petite. » Elle était un peu la dame de confiance de votre tante, une sorte de secrétaire ou de gouvernante. C'est elle qui s'occupait de vous en Italie. Votre tante ne pouvait plus guère se déplacer.

Jeanne Murneau, sur les photos, était grande, tranquille, plutôt belle, plutôt bien habillée, plutôt sévère. Elle ne se trouvait à mes côtés que sur une seule image. C'était dans la neige. Nous portions des pantalons serrés, des bonnets de laine à pompons. Malgré les pompons, malgré les skis et le sourire de la jeune fille qui était moi, la photo ne donnait pas une impression d'insouciance, d'amitié.

— On dirait qu'elle m'en veut, là.

Mme Raymonde retournait le cliché pour le regarder, opinait du menton avec fatalisme.

— Probablement que vous lui donniez des raisons de vous en vouloir. Vous n'étiez pas à une bêtise près, vous savez.

— Qui vous a dit ça ?

— Les journaux.

— Ah ! bon.

Les journaux de juillet avaient relaté l'incendie du Cap Cadet. Le docteur Doulin, qui gardait les numéros où il était question de moi et de l'autre jeune fille, ne voulait pas me les montrer encore.

L'autre jeune fille était aussi dans la boîte à photos. Ils y étaient tous, les grands, les petits, les plaisants, les déplaisants, tous inconnus, tous souriants du même sourire fixe, dont j'étais lasse.

— J'en ai assez vu pour aujourd'hui.

— Vous voulez que je vous lise quelque chose ?

— Les lettres de mon père.

Il y en avait trois de lui, cent de parents et d'amis que je ne connaissais plus. Souhaits de prompte guérison. Nous vivons dans l'angoisse. Je ne vis plus. J'ai hâte de te tenir dans mes bras. Chère Mi. Ma Micky. Mi chérie. Ma douce. Ma pauvre enfant.

Les lettres de mon père étaient gentilles, inquiètes, pudiques, décevantes. Deux garçons m'avaient écrit en italien. Un autre, qui signait François, déclarait que je lui appartiendrais toujours, qu'il me ferait oublier cet enfer.

Jeanne Murneau, elle, ne m'avait adressé qu'un billet, deux jours avant le retrait de mon masque. On me l'avait remis ensuite, avec les lettres. Il devait accompagner une boîte de fruits confits, ou du linge soyeux, ou la petite montre que j'avais au poignet. Il disait : « Ma Mi, M'amour, Mon petit poussin, tu n'es pas seule, je te le jure. Ne t'inquiète pas. Ne sois pas malheureuse. Baisers. Jeanne. »

Cela, je n'avais pas besoin qu'on me le lise. Je le savais par cœur.

Ils m'enlevèrent les armatures et les bandes qui paralysaient mes bras. Ils me passèrent des gants de coton blanc, doux et légers, sans me laisser voir mes mains.

— Je devrai porter des gants comme ça ?

— L'essentiel, c'est que vous puissiez vous servir de vos mains. Les os ne sont pas déformés. Les articulations ne vous feront mal que quelques jours. Vous ne ferez pas, avec ces doigts-là, des travaux d'horlogerie, mais vous ne serez pas handicapée pour les gestes ordinaires. Au pire, vous renoncerez à jouer au tennis.

Ce n'était pas le docteur Dinne qui parlait, mais l'un des deux médecins qu'il avait fait entrer dans la chambre. Ils me répondaient durement pour me rendre service, pour m'éviter de m'attendrir sur moi-même.

Ils me firent plier et déplier les doigts quelques minutes, ouvrir et refermer mes mains sur les leurs. Ils s'en allèrent en me donnant rendez-vous pour une radiographie de sécurité, deux semaines plus tard.

Ce fut le matin des docteurs. Après ceux-là vint un cardiologue, puis le docteur Doulin. J'allais et venais dans la chambre encombrée de fleurs, en jupe de gros lainage bleu et corsage blanc. Le cardiologue défit mon corsage pour écouter un cœur « de bonne qualité ». Je pensais à mes mains, que je regarderais bientôt, seule, sans mes gants. Je pensais à mes talons hauts, qui m'avaient tout de suite paru naturels ; et pourtant, si tout était bien effacé, si j'étais redevenue en quelque sorte une petite fille de cinq ans, les chaussures à hauts talons, les bas, le rouge à lèvres, tout aurait dû me surprendre ?

— Vous m'embêtez, dit le docteur Doulin. Je vous ai répété dix fois de ne pas vous extasier sur des bêtises de ce genre. Si je vous invite à dîner, tout à l'heure, et que vous teniez votre fourchette correctement, qu'est-ce que ça prouvera ? Que vos mains se souviennent mieux que vous ? Si même je vous mets au volant de ma voiture, et qu'après avoir cafouillé un peu sur les vitesses parce que vous n'êtes pas habituée aux 403, vous conduisiez à peu près normalement, vous croyez que nous aurions appris quelque chose ?

— Je ne sais pas. Vous deviez m'expliquer.

— Je devais aussi vous garder quelques jours de plus. Malheureusement, on tient à vous faire sortir. Je n'ai aucun moyen légal de vous garder, sauf si vous le vouliez. Et je ne sais même pas si j'ai raison de vous le demander.

— Qui veut me faire sortir ?

— Jeanne Murneau. Elle dit qu'elle n'en peut plus.

— Je vais la voir ?

— Pourquoi pensez-vous qu'on fait tout ce remue-ménage ?

Sans regarder, il montrait du bras la chambre, la porte ouverte, Mme Raymonde qui rangeait mes vêtements, une autre infirmière qui emportait les bouteilles de champagne, des piles de livres qu'on ne m'avait pas lus.

— Pourquoi voulez-vous que je reste ?

— Vous sortez avec un visage agréable, un petit cœur bien accroché, des mains dont vous pourrez vous servir, une troisième circonvolution frontale gauche qui a tout l'air de se porter comme un charme : j'espérais que vous partiriez en emportant aussi vos souvenirs.

— La troisième, quoi ?

— La troisième circonvolution frontale. Le cerveau. La gauche. C'était là votre première hémorragie. L'aphasie que j'ai observée au début devait venir de là. Ça n'a rien à voir avec le reste.

— Qu'est-ce que c'est, le reste ?

— Je ne sais pas. Peut-être simplement la peur que vous avez dû ressentir au moment de l'incendie. Ou le choc. Quand la maison brûlait, vous vous êtes jetée dehors. On vous a retrouvée au bas d'un escalier, le crâne ouvert sur plus de dix centimètres. De toute manière, l'amnésie dont vous souffrez n'est liée à aucune lésion du cerveau. Je l'ai cru au début, mais c'est autre chose.

J'étais assise sur mon lit défait, mes mains gantées de blanc sur les genoux. Je lui dis que je voulais m'en aller, que je n'en pouvais plus, moi non plus. En voyant Jeanne Murneau, en parlant avec elle, tout me reviendrait.

Il écarta les bras d'un geste résigné.

— Elle sera ici cet après-midi. Elle voudra certainement vous emmener tout de suite. Si vous restez à Paris, je vous verrai à l'hôpital ou à mon cabinet. Si elle vous ramène dans le Midi, il faut absolument que vous appeliez le docteur Chaveres.

Il était amer et je voyais qu'il m'en voulait. Je lui dis que je viendrais le voir souvent, mais que je finirais par devenir folle si je restais plus longtemps dans cette chambre.

— Il n'y a qu'une folie que vous puissiez commettre, me dit-il. Ce serait de penser : « Des souvenirs, j'ai tout le temps de m'en fabriquer d'autres. » Plus tard, vous le regretteriez.

Il me laissa sur cette idée, qui en effet m'était déjà venue. Depuis que j'avais un visage, les quinze années gommées me tracassaient moins. Il ne m'en restait qu'une douleur supportable dans la nuque, un poids dans la tête, et cela aussi disparaîtrait. Quand je me regardais dans le miroir, j'étais moi, j'avais des yeux de petit bonze, une vie qui m'attendait dehors, j'étais heureuse, je m'aimais bien. Tant pis pour « l'autre », puisque j'étais celle-là.

— C'est bien simple, quand je me vois dans cette glace, je m'adore, je suis folle de moi !

Je parlais à Mme Raymonde, en pirouettant

pour faire tourner ma jupe. Mes jambes suivirent mal mon enthousiasme. Je manquai perdre l'équilibre, m'arrêtai, interdite : Jeanne était là.

Elle se tenait sur le seuil de la chambre, une main sur la poignée de la porte, visage étrangement immobile, les cheveux plus clairs que je ne les imaginais, dans un tailleur beige qui accrochait le soleil. Une autre chose dont je ne m'étais pas rendu compte, en regardant ses photos, c'est qu'elle était très grande, presque une tête de plus que moi.

Son visage, son attitude ne m'étaient pas réellement inconnus. Et, une seconde, je crus que le passé allait resurgir, en une seule lourde vague qui m'assommerait. Ce devait être l'étourdissement d'avoir tourné, ou la présence inattendue, devant moi, d'une femme qui m'était familière comme un personnage rencontré dans un rêve. Je tombai sur mon lit, et, instinctivement, je me cachai le visage et les cheveux de mes mains gantées, comme si j'en avais honte.

L'instant d'après, Mme Raymonde était sortie de la chambre, par discrétion, et je vis les lèvres de Jeanne s'ouvrir, j'entendis sa voix, qui était douce, profonde et familière comme son regard, puis elle vint vers moi et me prit dans ses bras :

— Ne pleure pas.

— Je ne peux pas m'en empêcher.

J'embrassai sa joue, son cou, je regrettai de ne pouvoir la toucher qu'à travers des gants, je reconnaissais même son parfum, qui lui aussi venait d'un rêve. La tête contre sa poitrine, honteuse de mes cheveux qu'elle écartait d'une main légère et qui devaient dévoiler des cicatrices, je lui dis que j'étais malheureuse, que je voulais partir avec elle, qu'elle ne pouvait pas savoir comme je l'avais attendue.

— Laisse-moi te regarder.

Je ne voulais pas, mais elle me fit lever la tête, et ses yeux, si près des miens, me firent croire à nouveau que tout allait m'être rendu. Ses yeux étaient dorés, très clairs, et quelque chose d'hésitant s'agitait au fond.

Elle aussi refaisait connaissance. Elle m'étudiait avec un regard dérouté. Je ne pus finalement supporter cet examen, cette recherche, sur mon visage, d'une jeune fille disparue. Je pris les poignets de Jeanne, en pleurant de plus belle, l'écartai de moi.

— Emmenez-moi, je vous en prie. Ne me regardez pas. C'est moi, Mi ! Ne me regardez pas.

Elle continua d'embrasser mes cheveux, en disant ma chérie, mon poussin, mon ange, puis le docteur Dinne entra, gêné par mes larmes, par la taille de Jeanne, qui se levait, qui était plus grande que tout le monde dans la chambre, plus grande que lui, que ses assistants, que Mme Raymonde.

Il y eut des recommandations, un long échange de soucis à mon sujet, que je n'entendais pas, que je ne voulais plus entendre. J'étais debout, blottie contre Jeanne. Elle avait passé un bras autour de moi, elle leur parlait d'une voix de reine qui emporte son enfant, sa Mi, j'étais bien, je ne craignais plus rien.

C'est elle qui boutonna mon manteau, un manteau de daim que j'avais dû porter car il était patiné aux manches. C'est elle qui arrangea le béret sur mes cheveux, qui noua une écharpe de soie verte autour de mon cou. C'est elle qui me conduisit à travers les couloirs de la clinique, vers une porte vitrée que le soleil éclaboussait, aveuglant.

Dehors, il y avait une voiture blanche, couverte d'une capote noire. Elle me fit asseoir sur un siège, ferma la portière, reparut au volant. Elle était tranquille, silencieuse, et, quelquefois, elle me regardait, elle me souriait, elle posait un baiser rapide sur ma tempe.

Nous partîmes. Gravier sous les roues. Portail qui s'ouvre. Grandes allées au milieu des arbres.

— C'est le Bois de Boulogne, dit Jeanne.

J'étais fatiguée. Mes paupières tombaient. Je sentis que je glissais, que ma tête reposait sur le tissu pelucheux de sa jupe. Je vis, tout près, un bout de volant qui tournait. J'étais merveilleusement en vie. Je m'endormis.

Je me réveillai sur un divan bas, une couverture à gros carreaux rouges sur les jambes, dans une pièce immense dont les lampes, allumées sur des tables, ne chassaient pas tous les coins d'ombre.

Un feu brûlait dans une haute cheminée, à trente pas de moi, très loin. Je me levai, le poids de vide dans ma tête plus lourd que jamais. J'allai vers le feu, tirai un fauteuil devant, le laissai tomber, me rendormis vaguement.

Plus tard, je sus que Jeanne était penchée sur moi. J'entendis sa voix, un murmure. Puis soudain, je crus me rappeler marraine Midola, dans son fauteuil qu'on roulait, son châle orange sur les épaules, laide, terrible... J'ouvris les yeux dans un temps qui donnait le vertige, où tout était brouillé comme à travers une vitre inondée de pluie.

Le monde redevint net. Le visage clair, les cheveux clairs de Jeanne étaient au-dessus de moi. J'eus l'impression qu'il y avait longtemps qu'elle me regardait.

— Tu vas bien ?

Je dis que j'allais bien et je tendis les bras pour être près d'elle. Derrière ses cheveux, qui étaient contre ma joue. Je vis la pièce immense, les murs lambrissés, les lampes, les coins d'ombre, le divan d'où j'étais venue. La couverture était sur mes genoux.

— Où c'est, ici ?

— Une maison qu'on m'a prêtée. Je t'expliquerai. Tu te sens bien ? Tu t'es endormie dans la voiture.

— J'ai froid.

— Je t'ai ôté ton manteau. Je n'aurais pas dû. Attends.

Elle me serrait plus fort, frottait énergiquement mes bras et mes reins, pour me donner chaud. Je ris. Elle s'écarta, visage fermé, je vis à nouveau une hésitation au fond de son regard. Puis, brusquement, elle joignit son rire au mien. Elle me tendit une tasse qui était posée sur le tapis.

— Bois. C'est du thé.

— J'ai dormi longtemps ?

— Trois heures. Bois.

— On est seules, ici ?

— Non. Il y a une cuisinière et un valet qui ne savent quoi penser. Bois. Ils n'en revenaient pas, quand je t'ai sortie de la voiture. Tu as maigri. Je t'ai portée toute seule. Je vais employer les grands moyens pour que tu reprennes tes joues. Quand tu étais petite, c'est moi qui me faisais détester pour que tu manges ?

— Je vous détestais ?

— Bois. Non, tu ne me détestais pas. Tu avais treize ans. On te voyait les côtes. Tu ne peux pas savoir comme j'avais honte de tes côtes. Tu bois, dis ?

Je bus d'un trait le thé, qui était tiède, et dont le goût ne me surprit pas, bien qu'il ne me plût qu'à moitié.

— Tu n'aimes pas ça ?

— Pas tellement, non.

— Tu l'aimais, avant.

Désormais, il y aurait toujours cet « avant ». Je dis à Jeanne qu'on m'avait donné un peu de café, à la clinique, durant les derniers jours, et que cela me faisait du bien. Jeanne se pencha sur le fauteuil et me dit qu'elle me donnerait ce que je voudrais, l'essentiel c'était que je fusse là, vivante.

— Tout à l'heure, à la clinique, vous ne m'avez pas reconnue. Ce n'est pas vrai ?

— Si, je t'ai reconnue. Mais ne me dis pas « vous », je t'en prie.

— Tu m'as reconnue ?

— Tu es mon poussin, me dit-elle. Quand je t'ai vue pour la première fois c'était à l'aéroport de Rome. Tu étais toute petite, avec une grande valise. Tu avais le même air perdu. Ta marraine m'a dit : « Murneau, si elle ne grossit pas, je te saque. » Je t'ai nourrie, lavée, habillée, appris l'italien, le tennis, le jeu de dames, le charleston, tout. Tu me dois même deux fessées. De treize à dix-huit ans, tu ne m'as pas quittée plus de trois jours à la fois. Tu étais ma fille à moi. Ta marraine me disait : « C'est ton job. » À présent, je vais tout recommencer. Si tu ne redeviens pas ce que tu étais, je me saque.

Elle écoutait mon rire, m'étudiait avec un regard si intense que je m'arrêtai brusquement.

— Qu'est-ce qu'il y a ?

— Rien, mon chéri. Lève-toi.

Elle me prit par le bras, me demanda de marcher dans la pièce. Elle recula pour m'observer. Je fis quelques pas hésitants, avec un vide douloureux dans la nuque, et des jambes qui me semblaient de plomb.

Quand elle revint vers moi, je pensai qu'elle s'efforçait de cacher son désarroi pour ne pas aggraver le mien… Elle réussit à me montrer un sourire confiant, comme si j'avais toujours été ainsi, pommettes accusées, nez court, cheveux de trois doigts. Quelque part dans la maison où nous nous trouvions, une horloge sonna sept coups.

— J'ai tellement changé ? lui demandai-je.

— Ton visage a changé. Et puis, tu es fatiguée, il est normal que tes gestes, ta démarche ne soient plus les mêmes. Il faudra que moi aussi, je m'habitue.

— Comment est-ce arrivé ?

— Plus tard, mon chéri.

— Je veux me rappeler. Toi, moi, tante Midola, mon père, les autres. Je veux me rappeler.

— Tu te rappelleras.

— Pourquoi sommes-nous ici ? Pourquoi ne me ramènes-tu pas tout de suite dans un endroit que je connaisse, où l'on me connaisse ?

Elle ne devait répondre à cette question que trois jours plus tard. Pour l'instant, elle me serrait contre elle, debout, elle me berçait dans ses bras, elle disait que j'étais sa petite-fille, qu'on me ferait plus de mal parce qu'elle ne me laisserait plus.

— Tu m'as laissée ?

— Oui. Une semaine avant l'accident. J'avais des affaires de ta marraine à régler à Nice. Je suis revenue à la villa pour te trouver plus qu'à moitié morte, au bas d'un escalier. Je devenais folle à chercher une ambulance, la police, des docteurs.

Nous étions dans une autre pièce immense, une salle à manger aux meubles sombres, dont la table était longue de dix pas. Nous nous étions assises côte à côte. J'avais la couverture à carreaux sur les épaules.

— Il y avait longtemps que j'étais au Cap Cadet ?

— Trois semaines, me dit-elle. J'y étais d'abord restée quelques jours, avec vous deux.

— Nous deux ?

— Toi et une jeune fille que tu aimais avoir avec toi. Mange. Si tu ne dois pas manger, je m'arrête.

J'avalais des bouts de steak contre des bouts de passé. Nous faisions du troc, côte à côte, dans une grande maison sombre, à Neuilly, servie par une cuisinière aux mouvements furtifs, qui appelait Jeanne par son nom de famille, sans dire mademoiselle ni madame.

— La jeune fille était une de tes amies d'enfance, dit Jeanne. Elle avait grandi dans le même immeuble que toi, à Nice. Sa mère venait laver le linge de ta mère. Vous vous êtes perdues de vue vers huit ou neuf ans, mais tu l'as rencontrée à nouveau cette année, en février. Elle travaillait à Paris. Tu t'es attachée à elle. Son nom était Domenica Loï.

Jeanne m'observait, attendant de voir apparaître un signe de reconnaissance sur mon visage. Mais c'était sans espoir. Elle me parlait d'êtres dont le destin me désolait, mais qui m'étaient étrangers.

— C'est cette jeune fille qui est morte ?

— Oui. On l'a retrouvée dans la partie brûlée de la villa. Il a paru évident que tu avais essayé de la sortir de sa chambre, avant d'être brûlée toi-même. Le feu a pris à ta chemise de nuit. Tu as dû vouloir courir vers la piscine, il y en a une dans le jardin. Je t'ai trouvée au pied des escaliers, une demi-heure plus tard. Il était deux heures du matin. Des gens en pyjama étaient accourus, mais personne n'osait te toucher, on s'affolait, on ne savait pas quoi faire. Les pompiers des Lecques sont arrivés tout de suite après moi. C'est eux qui t'ont amenée à La Ciotat, à l'infirmerie des chantiers navals. Dans la nuit, j'ai pu avoir une ambulance de Marseille. Finalement, c'est un hélicoptère qui est venu. On t'a transportée à Nice. On t'a opérée le lendemain.

— Qu'est-ce que j'avais?

— Tu as dû tomber sur les dernières marches de l'escalier, en te précipitant hors de la maison. À moins que tu aies voulu passer par une fenêtre et que tu te sois lâchée de l'étage. L'enquête ne nous a rien appris. Ce qui est certain, en tout cas, c'est que tu es tombée tête la première sur les escaliers. Tu étais brûlée au visage et aux mains. Sur le corps aussi, mais moins profond, la chemise de nuit a dû malgré tout te protéger. Les pompiers m'ont expliqué ça, mais j'ai oublié. Tu étais nue, noire des pieds à la tête, avec des lambeaux de tissu calcinés dans les mains et dans la bouche. Tu n'avais plus de cheveux. Les gens que j'ai trouvés autour de toi te croyaient morte. Tu avais une ouverture grande comme ma main au sommet de la tête. C'est cette blessure qui nous donnait le plus de souci, la première nuit. Plus tard, après l'opération du docteur Chaveres, j'ai signé un papier pour une greffe de la peau. La tienne ne se reformait plus.

Elle parlait sans me regarder. Chacune de ses

phrases m'entrait dans la tête comme un foret brûlant. Elle écarta sa chaise de la table, tira sa jupe sur ses jambes. Je vis une plaque brune sur sa cuisse droite, au-dessus du bas : la greffe.

Je pris ma tête dans mes mains gantées et me mis à pleurer. Jeanne passa son bras sur mon épaule, et nous restâmes ainsi plusieurs minutes, jusqu'à l'arrivée de la cuisinière qui venait poser un plateau de fruits sur la table.

— Il faut que je te raconte tout ça, dit Jeanne. Il faut que tu saches et que tu te rappelles.

— Je sais bien.

— Tu es là, il ne peut plus rien t'arriver. Alors, ça n'a plus d'importance.

— Comment le feu a-t-il pris à la maison ?

Elle se leva. Sa jupe retomba. Elle alla vers un buffet, alluma une cigarette. Elle tint un instant l'allumette devant elle, pour me la montrer.

— Une fuite de gaz dans la chambre de la jeune fille. On avait installé le gaz à la villa quelques mois auparavant. L'enquête a conclu à un branchement mal fait. La veilleuse du chauffe-eau, dans une salle de bains, a causé une explosion.

Elle souffla l'allumette.

— Viens près de moi, lui dis-je.

Elle s'approcha, s'assit à mes côtés. Je tendis la main, pris sa cigarette et en aspirai une bouffée. Cela me parut bon.

— Je fumais avant ?

— Lève-toi, dit Jeanne. Allons faire un tour. Emporte une pomme. Essuie tes yeux.

Dans une chambre au plafond bas, au lit assez grand pour quatre Michèle mal en point, Jeanne me passa un gros pull à col roulé, mon manteau de daim, mon foulard vert.

Elle prit ma main gantée dans la sienne, me conduisit à travers des pièces désertes vers une entrée dallée de marbre, où nos pas résonnaient. Dehors, dans le jardin aux arbres noirs, elle me fit monter dans la voiture de l'après-midi.

— À dix heures, je te mets au lit. Je veux te montrer quelque chose avant. Dans quelques jours, je te laisserai conduire.

— Je voudrais que tu répètes le nom de la jeune fille.

— Domenica Loï. On l'appelait Do. Quand vous étiez petites, il y avait une autre enfant, qui est morte depuis longtemps, de rhumatismes articulaires ou quelque chose comme ça. On vous disait cousines parce que vous étiez du même âge. L'autre petite fille s'appelait Angela. Vous étiez toutes les trois d'origine italienne. Mi, Do et La. Tu comprends d'où vient le surnom de ta tante ?

Elle conduisait vite, à travers de larges avenues éclairées.

— Le vrai nom de ta tante était Sandra Raffermi. C'était la sœur de ta mère.

— Quand maman est-elle morte ?

— Tu avais huit ou neuf ans, je ne sais plus. On t'a mise en pension. Quatre ans après, ta tante a obtenu de te prendre avec elle. Tu l'apprendras tôt ou tard, elle faisait un triste métier dans sa jeunesse. Mais, à ce moment, elle était une dame, elle était riche. Les chaussures que tu portes, celles que je porte, ce sont les usines de ta tante qui les fabriquent.

Elle posa une main sur mon genou et me dit que si je préférais, c'était mes usines, puisque la Raffermi était morte.

— Tu n'aimais pas ma tante?

— Je ne sais pas, dit Jeanne. Je t'aime, toi. Le reste m'est bien égal. J'avais dix-huit ans quand j'ai commencé à travailler pour la Raffermi. J'ai été talonneuse dans un de ses ateliers, à Florence. J'étais seule, je gagnais ma vie comme je pouvais. C'était en 42. Elle est venue, un jour, et la première chose que j'ai eue d'elle, c'est une gifle, que je lui ai rendue. Elle m'a emmenée. La dernière chose, c'est aussi une gifle, mais je ne la lui ai pas rendue. C'était en mai, cette année, une semaine avant sa mort. Il y avait des mois qu'elle se sentait mourir, et ça ne la rendait pas meilleure pour ceux qui l'entouraient.

— Est-ce que j'aimais ma tante?

— Non.

Je restai une bonne minute silencieuse, cherchant en vain à retrouver un visage que j'avais vu sur des photos, une vieille femme à lorgnons assise dans un fauteuil roulant.

— Est-ce que j'aimais Domenica Loï?

— Qui ne l'aurait pas aimée? dit Jeanne.

— Est-ce que je t'aimais, toi?

Elle tourna la tête, je vis son regard éclairé par les réverbères qui défilaient. Elle haussa vivement les épaules et répondit d'une voix rêche que nous étions bientôt arrivées. J'eus mal, soudain, mal comme si je me déchirais moi-même, je pris son bras. La voiture fit un écart. Je lui demandai pardon, et sans doute pensa-t-elle que c'était pardon pour l'écart.

Elle me montra l'Arc de Triomphe, la Concorde, les Tuileries, la Seine. Après la place Maubert, nous nous arrêtâmes dans une petite rue qui descendait vers le fleuve, devant un hôtel éclairé par une enseigne au néon : l'*hôtel Victoria.*

Nous restâmes dans la voiture. Elle me demanda de regarder l'hôtel, vit que l'immeuble ne me rappelait rien.

— Qu'est-ce que c'est ? lui dis-je.

— Tu es venue ici souvent. C'est dans cet hôtel que Do habitait.

— Rentrons, je t'en prie.

Elle soupira, dit oui, m'embrassa sur la tempe. Au retour, je fis semblant de m'endormir à nouveau, la tête sur sa jupe.

Elle me déshabilla, me fit prendre un bain, me frictionna dans une grande serviette, me tendit une paire de gants de coton pour remplacer ceux que j'avais, et qui étaient mouillés.

Nous nous assîmes sur le rebord de la baignoire, elle habillée, moi en chemise de nuit. Finalement, c'est elle qui me retira mes gants et je détournai les yeux dès que je vis mes mains.

Elle me coucha dans le grand lit, me borda,

éteignit la lampe. Il était vingt-deux heures, comme elle l'avait promis. Elle avait un visage étrange, depuis qu'elle avait vu, sur mon corps, les traces des brûlures. Elle m'avait dit seulement qu'il n'en restait plus beaucoup, une tache sur le dos, deux sur les jambes, que j'avais maigri. Je sentais qu'elle s'efforçait d'être naturelle, mais qu'elle me reconnaissait de moins en moins.

— Ne me laisse pas seule. Je n'ai plus l'habitude et j'ai peur.

Elle s'assit à côté de moi et resta un moment. Je m'endormis la bouche contre sa main. Elle ne parlait pas. C'est juste avant le sommeil, dans cette frange d'inconscience où tout est absurde, où tout est possible, que l'idée me vint pour la première fois que je n'étais rien, sinon ce que Jeanne disait de moi, et qu'il suffisait d'une Jeanne menteuse pour que je fusse un mensonge.

— Je veux que tu m'expliques maintenant. Il y a des semaines qu'on me dit : « plus tard ! ». Hier soir, tu prétendais que je n'aimais pas ma tante. Dis-moi pourquoi.

— Parce qu'elle n'était pas aimable.

— Avec moi ?

— Avec personne.

— Si elle m'a prise avec elle à treize ans, elle devait bien m'aimer.

— Je n'ai pas dit qu'elle ne t'aimait pas. Et puis, ça la flattait. Tu ne peux pas comprendre. Aimer, pas aimer, tu juges tout ainsi !

— Pourquoi Domenica Loï était-elle avec moi depuis février ?

— Tu l'as rencontrée en février. C'est bien après qu'elle t'a suivie. Pourquoi, tu es bien la seule à l'avoir su ! Qu'est-ce que tu veux que je te dise ? Tu avais une toquade tous les trois jours : une voiture, un chien, un poète américain, Domenica Loï, c'était les mêmes bêtises. À dix-huit ans, je t'ai retrouvée dans un hôtel de Genève avec un petit employé de bureau. À vingt, je t'ai retrouvée dans un autre hôtel avec Domenica Loï.

— Qu'est-ce qu'elle était pour moi ?

— Une esclave comme tout le monde.

— Comme toi ?

— Comme moi.

— Qu'est-ce qui s'est passé ?

— Rien. Que veux-tu qu'il se soit passé ? Tu m'as envoyé une valise à la tête, un vase que j'ai dû payer assez cher, et tu es partie avec ton esclave.

— Où cela est-il arrivé ?

— Résidence Washington, rue Lord-Byron, troisième étage, appartement 14.

— Où suis-je allée ?

— Je n'en sais rien. Je ne m'en suis pas occupée. Ta tante n'attendait plus que toi pour rendre l'âme. J'ai reçu sa seconde gifle en dix-huit ans à mon retour. Une semaine après, elle est morte.

— Je ne suis pas venue ?

— Non. Je ne dirais pas que je n'ai pas entendu parler de toi, tu faisais assez d'idioties pour qu'on m'en parle, mais tu ne m'as pas fait signe d'un mois. À peu près le temps qu'il te fallait pour manquer d'argent. Et avoir tant de dettes que même tes petits gigolos n'avaient plus confiance. J'ai reçu un télégramme à Florence. « Pardon, malheureuse, argent, je t'embrasse mille fois partout, sur le front, les yeux, le nez, la bouche, les deux mains, les pieds, sois gentille, je pleure, ta Mi. » Je te jure que c'est le texte exact, je te le montrerai.

Elle me montra le télégramme quand je fus habillée. Je le lus debout, un pied sur une chaise, pendant qu'elle accrochait mon bas, ce que je ne pouvais faire avec mes gants.

— Il est idiot, ce texte.

— C'était pourtant tout à fait toi. Il y en a eu d'autres, tu sais. Quelquefois, c'était seulement : « Argent, Mi. » Quelquefois, il y avait quinze télégrammes qui se suivaient dans la même journée pour dire la même chose. Tu énumérais mes qualités. Ou bien tu alignais des adjectifs qui s'appliquaient à un détail ou à un autre de ma personne, suivant ton humeur. C'était horripilant, très onéreux pour une idiote qui n'a plus d'argent, mais enfin, tu montrais de l'imagination.

— Tu parles de moi comme si tu me détestais.

— Je ne t'ai pas dit les mots que tu alignais, sur ces télégrammes. Tu savais faire mal. L'autre jambe. Je ne t'ai pas envoyé d'argent après la mort de ta tante. Je suis venue. Mets l'autre jambe sur la chaise. Je suis arrivée au Cap Cadet un dimanche après-midi. Tu étais ivre depuis la veille au soir. Je t'ai mise sous la douche, j'ai vidé les gigolos et les cendriers. Do m'a aidée. Tu n'as pas desserré les dents pendant trois jours. Voilà.

J'étais prête. Elle boutonna sur moi un manteau de serge grise, prit le sien dans une chambre voisine et nous sortîmes. Je vivais un mauvais rêve. Je ne croyais plus un mot de ce que Jeanne me disait.

Dans la voiture, je m'aperçus que je tenais encore le télégramme qu'elle m'avait donné. C'était pourtant une preuve qu'elle ne mentait pas. Nous restâmes silencieuses un long moment, roulant vers l'Arc de Triomphe que je voyais très loin devant nous, sous un ciel maussade.

— Où m'emmènes-tu ?

— Chez le docteur Doulin. Il a téléphoné aux aurores. Il m'embête.

Elle tourna les yeux, me sourit, me dit ben mon poussin, que j'en avais un air triste.

— Je ne voudrais pas être cette Mi que tu me décris. Je ne comprends pas. J'ignore comment je le sais, mais je ne suis pas comme ça. Est-ce que j'ai pu changer à ce point ?

Elle répondit que j'avais beaucoup changé.

Je passai trois jours à lire de vieilles lettres, à faire l'inventaire des valises que Jeanne avait rapportées du Cap Cadet.

J'essayais de m'apprendre moi-même, systématiquement, et Jeanne, qui ne me quittait jamais, avait parfois de la peine à donner un sens à ce que je découvrais. Une chemise d'homme dont elle ne pouvait expliquer la présence. Un petit revolver à crosse de nacre, chargé, qu'elle n'avait jamais vu. Des lettres dont elle ignorait les auteurs.

Malgré les failles, je me faisais peu à peu une image de moi-même, qui ne cadrait pas avec celle que j'étais devenue. Je n'étais pas si sotte, si vaniteuse, si violente. Je n'avais aucune envie de boire, de lever la main sur une domestique maladroite, de danser sur le toit d'une voiture, de tomber dans les bras d'un coureur à pied suédois ou du premier garçon venu qui aurait de beaux yeux et la bouche tendre. Mais tout cela pouvait me paraître incompréhensible à cause de l'accident, ce n'était pas le plus troublant. Surtout, je ne me croyais pas cette sécheresse de cœur qui m'avait permis, autrefois, d'aller faire la fête le soir où j'avais appris la mort de marraine Midola et de négliger même de me rendre à son enterrement.

— C'était pourtant tout à fait toi, répétait Jeanne. Et puis rien ne dit que c'était un manque de cœur. Je te connaissais bien. Tu pouvais être très malheureuse. Ça se traduisait par des colères ridicules, et plus généralement, depuis deux ans, par un besoin affirmé de partager ton lit avec tout le monde. Au fond, tu devais penser qu'on trichait. À treize ans, on donne à ça de jolis noms : soif de tendresse, tristesse d'orpheline, regret du sein maternel. À dix-huit ans, on emploie de vilains termes médicaux.

— Qu'est-ce que j'ai fait de si terrible ?

— Ce n'était pas terrible, c'était puéril.

— Tu ne réponds jamais à mes questions ! Tu

me laisses imaginer n'importe quoi, et, bien sûr, j'imagine des horreurs ! Tu le fais exprès !

— Bois ton café, disait Jeanne.

Elle aussi cadrait mal avec l'idée que je me faisais d'elle le premier après-midi, le premier soir. Elle était renfermée, de plus en plus distante. Quelque chose, dans ce que je disais, dans ce que je faisais, lui déplaisait toujours, et je voyais bien que cela la rongeait. Elle m'observait de longues minutes, sans rien dire, puis soudain elle parlait très vite, pour revenir inlassablement au récit de l'incendie ou à ce jour, un mois avant, où elle m'avait retrouvée ivre au Cap Cadet.

— Le mieux serait que j'y aille !

— Nous irons dans quelques jours.

— Je veux voir mon père. Pourquoi ne puis-je pas voir ceux que j'ai connus ?

— Ton père est à Nice. Il est vieux. Ça ne lui ferait aucun bien de te voir dans cet état. Quant aux autres, je préfère attendre un peu.

— Moi pas.

— Moi si. Écoute, mon poussin : il suffit peut-être encore de quelques jours pour que brusquement tout te revienne. Crois-tu que ça m'est si facile d'empêcher ton père de te voir ? Il te croit en clinique. Crois-tu que ça m'est si facile d'écarter tous ces vautours ? Je veux que tu sois guérie lorsque tu les verras.

Guérir. J'avais déjà tant appris de moi sans me souvenir que je n'y croyais plus. Chez le docteur Doulin, c'était des piqûres, des jeux de fil de fer, des lumières dans les yeux, l'écriture automatique.

On me piquait à la main droite et on la plaçait derrière un écran qui me cachait ce que j'écrivais. Je ne sentais ni le crayon qu'on me mettait entre les doigts, ni le mouvement de ma main. Pendant que je remplissais trois pages, sans m'en rendre compte, le docteur Doulin et son assistant parlaient avec moi du soleil du Midi, des plaisirs de la mer. Cette expérience, déjà effectuée deux fois, ne nous avait rien enseigné, sinon que mon écriture était effroyablement déformée par le port des gants. Le docteur Doulin, que je ne croyais maintenant pas plus que Jeanne, affirmait que ces séances libéreraient certaines inquiétudes d'un « personnage inconscient » qui, lui, se souvenait. J'avais lu les pages que j'avais « écrites ». C'était des mots sans suite, incomplets, la plupart « télescopés » comme aux pires jours de la clinique. Ceux qui revenaient le plus souvent étaient des termes comme nez, yeux, bouche, mains, cheveux, au point que j'avais l'impression de relire le télégramme envoyé à Jeanne.

C'était idiot.

La « grande scène » eut lieu le quatrième jour. La cuisinière était à l'autre bout de la maison, le valet était sorti. Jeanne et moi étions assises dans des fauteuils du salon, devant le feu parce que j'avais toujours froid. Il était cinq heures de l'après-midi. J'avais des lettres et des photos dans une main, une tasse vide dans l'autre.

Jeanne fumait, des cernes sous les yeux, repoussant une nouvelle fois ma demande de voir ceux que j'avais connus.

— Je ne veux pas, c'est tout. Qui crois-tu que tu connaissais ? Des anges descendus du ciel ? Ils ne laisseront pas passer une proie aussi facile.

— Moi, une proie ? Pour quelle raison ?

— Une raison qui s'inscrit en chiffres avec beaucoup de zéros. Tu auras vingt et un ans en novembre. On ouvrira le testament de la Raffermi à ce moment-là. Mais il n'est vraiment pas nécessaire de l'ouvrir pour calculer le nombre de milliards de lires qui vont passer à ton nom.

— Il faudrait aussi que tu m'expliques tout ça.

— Je pensais que tu le savais.

— Je ne sais rien, rien ! Tu vois bien que je ne sais rien !

Elle commit sa première maladresse :

— Je ne vois plus ce que tu sais ou ce que tu ne sais pas ! Je m'y perds. Je ne dors plus. Au fond, ça te serait tellement facile de jouer la comédie !

Elle jeta sa cigarette au feu. Ce fut juste au moment où je me levai de mon fauteuil que l'horloge de l'entrée sonna cinq coups.

— La comédie ? Quelle comédie ?

— L'amnésie ! dit-elle. C'est une bonne idée, une très bonne idée ! Pas de lésion, pas de traces, évidemment, mais qui peut assurer qu'une amnésique n'est pas amnésique sinon elle-même ?

Elle s'était levée aussi, méconnaissable. Et soudain, elle fut à nouveau Jeanne : cheveux clairs, yeux dorés, visage tranquille, long corps mince dans une jupe ample, une tête de plus que moi.

— Je ne sais plus ce que je dis, mon chéri.

Ma main droite partit avant que j'eusse entendu. Je frappai Jeanne au coin de la bouche. Une douleur remonta jusqu'à ma nuque, je tombai en avant sur elle, qui m'attrapa par les épaules, me retourna, me garda contre sa poitrine pour me paralyser. J'avais les bras trop lourds pour tenter de me dégager.

— Calme-toi, me dit-elle.

— Lâche-moi ! Dans quel but est-ce que je jouerais la comédie ? Dans quel but ? Ça, il faudra bien que tu me le dises, non ?

— Calme-toi, je t'en prie.

— Je suis idiote, tu me l'as assez répété ! Mais pas à ce point ! Dans quel but ? Explique-moi ? Lâche-moi !

— Vas-tu te calmer, à la fin ! Ne crie pas !

Elle me fit reculer, m'assit de force sur elle, dans son fauteuil, un bras autour de mes épaules, l'autre main sur ma bouche, son visage derrière le mien.

— Je n'ai rien dit. Ou j'ai dit n'importe quoi. Ne crie plus, on va nous entendre. Je deviens folle depuis trois jours. Tu ne te rends pas compte !

Elle commit sa seconde maladresse, la bouche tout près de mon oreille, dans un murmure rageur qui m'effrayait plus que des cris :

— Tu ne peux pas avoir fait tant de progrès en trois jours sans le vouloir ! Comment peux-tu marcher comme elle, rire comme elle, parler comme elle si tu ne te souviens pas ?

Je hurlai dans sa main, il y eut un coup de noir très bref, et quand je rouvris les yeux, j'étais allongée sur le tapis. Jeanne était penchée sur moi, mouillant mon front avec un mouchoir.

— Ne bouge pas, mon chéri.

Je vis la marque du coup que je lui avais donné, sur un côté du visage. Elle saignait un peu à la commissure des lèvres. Ce n'était donc pas un cauchemar. Je la regardais tandis qu'elle déboutonnait la ceinture de ma jupe, me redressait dans ses bras. Elle avait peur, elle aussi.

— Bois, mon chéri.

J'avalai quelque chose de fort. Je me sentis mieux. Je la regardais et j'étais calme. La comédie, me disais-je, c'est vrai que je serais capable, maintenant, de la jouer. Quand elle m'attira contre elle « pour faire la paix », à genoux près de moi sur le tapis, je lui entourai machinalement le cou de mes bras. Je fus surprise, tout à coup, et déjà presque retournée, de sentir sur mes lèvres le goût de ses larmes.

Je m'endormis très tard dans la nuit. Durant des heures, immobile dans mes draps, je pensai aux paroles de Jeanne, j'essayai de découvrir ce qui, de son point de vue, pouvait motiver que je simule l'amnésie. Je ne trouvai pas d'explication. Je ne devinai pas davantage ce qui la tourmentait, mais j'avais la certitude qu'elle avait de bonnes raisons pour me garder isolée dans une maison où ni la cuisinière ni le valet ne me connaissaient. Ces raisons, je pouvais les savoir dès le lendemain : puisqu'elle ne voulait pas me montrer encore à ceux que j'avais connus, il suffisait de me présenter à l'un d'entre eux pour que se produise ce qu'elle voulait précisément éviter. Je verrais bien.

Il me fallait retrouver un de mes amis vivant à Paris. Celui que je choisis, et dont j'avais l'adresse au dos d'une enveloppe, était le garçon qui m'avait écrit que je lui appartiendrais toujours.

Il se nommait François Chance, il habitait boulevard Suchet. Jeanne m'avait dit qu'il était avocat et que de la chance, il n'en avait guère avec la Mi que j'étais autrefois.

En m'endormant, je vécus vingt fois le plan que je m'étais tracé pour échapper, le lendemain, à la surveillance de Jeanne. Cet état d'esprit me sembla sur le point de me rappeler un autre moment de ma vie, mais cela passa. Le sommeil me prit alors que je descendais pour la vingtième fois d'une Fiat 1500 blanche, dans une rue de Paris.

Je claquai la portière.

— Mais tu es folle ! Attends !

Elle descendit à son tour de la voiture et me rejoignit sur le trottoir. J'écartai son bras.

— Je me débrouillerai très bien. Je veux seulement marcher un peu, regarder les vitrines, être seule ! Tu ne comprends donc pas que j'ai besoin d'être seule ?

Je lui montrai le dossier que j'avais à la main. Des coupures de presse s'en échappèrent et se répandirent sur le trottoir. Elle m'aida à les ramasser. C'était les articles qui avaient paru après l'incendie. Le docteur Doulin me les avait remis après une séance de lumières, de tests de taches, de fatigue inutile. Une heure perdue que j'aurais aimé mettre à profit en lui avouant mes véritables inquiétudes. Malheureusement, Jeanne tenait à être présente à nos entretiens.

Elle me prit par les épaules, grande, élégante, cheveux d'or dans le soleil de midi. Je m'écartai encore.

— Tu n'es pas raisonnable, mon chéri, me dit-elle. Il est bientôt l'heure de déjeuner. Cet après-midi, je t'emmènerai faire un tour au bois.

— Non. Je t'en prie, Jeanne. J'en ai besoin.

— Bien. Alors, je te suis.

Elle me quitta et remonta dans sa voiture. Elle était ennuyée, mais pas furieuse comme je l'aurais cru. Je fis une centaine de mètres sur le trottoir, croisai un groupe de jeunes filles qui sortaient du bureau ou de l'atelier, traversai une rue. Je m'arrêtai devant une boutique de lingerie. Quand je tournai les yeux, je vis la Fiat s'arrêter en double file, à ma hauteur. Je revins vers Jeanne. Elle se pencha sur le siège vide et baissa la vitre.

— Donne-moi des sous, lui dis-je.

— Pour quoi faire ?

— Je veux acheter des choses.

— Dans ce magasin ? Je peux te conduire dans des boutiques mieux que ça.

— C'est là que je veux aller. Donne-moi des sous. Beaucoup. J'ai envie d'un tas de choses.

Elle haussa les sourcils avec résignation. Je m'attendais à ce qu'elle m'accuse d'avoir douze ans, mais elle ne dit rien. Elle ouvrit son sac à main, sortit les billets qui s'y trouvaient, me les donna.

— Tu ne veux pas que je vienne t'aider à choisir ? Il n'y a que moi qui sache ce qui te va.

— Je me débrouillerai bien.

Comme j'entrais dans la boutique, j'entendis derrière moi : « Chérie ! Taille 42. » À la vendeuse qui vint m'accueillir sur le seuil, je montrai une robe sur un mannequin de bois, et des combinaisons, du linge, un pull, qui étaient en vitrine.

Je dis que je n'avais pas le temps d'essayer, que je voulais des paquets séparés. Puis je rouvris la porte et appelai Jeanne. Elle descendit de la voiture avec un visage empreint de lassitude.

— C'est trop cher. Tu veux me faire un chèque ?

Elle entra dans le magasin devant moi. Pendant qu'elle établissait le chèque, je pris les premiers paquets qui étaient prêts, dis que je les portais à la voiture et sortis.

Sur le tableau de bord de la Fiat, je laissai le billet que j'avais dans la poche de mon manteau :

« Jeanne, ne t'inquiète pas, ne me fais pas rechercher, je te rejoindrai à la maison ou je te téléphonerai. Tu n'as rien à craindre de moi. J'ignore ce qui te fait peur, mais je t'embrasse où je t'ai frappée, parce que je t'aime et que j'ai mal de l'avoir fait : je me suis mise à ressembler à tes mensonges. »

Comme je m'éloignais, un agent de police vint me dire que la voiture ne pouvait pas rester en double file. Je répondis qu'elle n'était pas à moi et que cela ne me regardait pas.

J'AURAIS ASSASSINÉ

Le taxi me laissa, boulevard Suchet, devant un immeuble aux larges baies, qui semblait récent. Je vis le nom de celui que je cherchais sur une plaque de l'entrée. Je montai au troisième, à pied, par je ne sais quelle crainte de l'ascenseur, et sonnai à la porte sans réfléchir. Ami, amant, amoureux, vautour, qu'est-ce que ça faisait ?

Un homme de trente ans vint m'ouvrir, grand, vêtu de gris, joli garçon. J'entendais des gens discuter dans l'appartement.

— François Chance ?

— Il ne déjeune pas ici. Vous vouliez le voir ? Il ne m'a pas dit qu'il avait rendez-vous.

— Je n'ai pas rendez-vous.

Hésitant, il me fit entrer dans un large vestibule aux murs nus, sans meubles, en laissant la porte ouverte. Je n'avais pas le sentiment de l'avoir déjà rencontré, mais il me regardait des pieds à la tête d'une curieuse façon. Je lui demandai qui il était.

— Comment, qui je suis ? Et vous ?

— Je suis Michèle Isola. Je sors de clinique. Je connais François. Je voulais lui parler.

L'homme, c'était visible à son regard désorienté, connaissait lui aussi Michèle Isola. Il s'écarta lentement, en remuant deux fois la tête d'un air de doute, puis il me dit : « Excusez-moi », et se précipita vers une pièce au fond du vestibule. Il en revint accompagné d'un homme plus âgé, plus lourd, moins beau, qui tenait encore une serviette de table à la main et n'avait pas avalé sa dernière bouchée.

— Micky !

Il avait cinquante ans peut-être, les tempes dégarnies, le visage mou. Il jeta sa serviette dans les mains de celui qui était venu m'ouvrir, s'approcha de moi à grandes enjambées.

— Viens, ne restons pas là. Pourquoi n'as-tu pas téléphoné ? Viens.

Il m'entraîna dans une pièce dont il ferma la porte. Il mit ses mains sur mes épaules, me tint devant lui à bout de bras. Je dus supporter cet examen plusieurs secondes.

— Eh bien, pour une surprise, c'est une surprise ! J'ai évidemment de la peine à te reconnaître, mais tu es ravissante, tu as l'air en bonne santé. Assieds-toi. Raconte-moi. Ta mémoire ?

— Vous êtes au courant ?

— Évidemment que je suis au courant ! Murneau m'a téléphoné encore avant-hier. Elle n'est pas venue avec toi ?

La pièce devait être son bureau. Il y avait une

grande table en acajou couverte de dossiers, des fauteuils austères, des livres derrière des vitres.

— Quand es-tu sortie de la clinique ? Ce matin ? Tu n'as pas fait de bêtises, au moins ?

— Qui êtes-vous ?

Il s'asseyait en face de moi, prenait ma main gantée. La question le dérouta, mais à l'expression de son visage – surpris, amusé, puis désolé – je pus la voir cheminer rapidement dans son esprit.

— Tu ne sais pas qui je suis et tu viens me voir ? Qu'est-ce qui se passe ? Où est Murneau ?

— Elle ignore que je suis ici.

Je sentais qu'il allait d'étonnement en étonnement, que les choses devaient être plus simples que je le pensais. Il lâcha ma main.

— Si tu ne te souviens pas de moi, comment sais-tu mon adresse ?

— Par votre lettre.

— Quelle lettre ?

— Celle que j'ai reçue à la clinique.

— Je ne t'ai pas écrit.

C'était à mon tour d'ouvrir de grands yeux. Il me regardait comme on regarde un animal, je voyais sur ses traits qu'il ne doutait pas de ma mémoire mais de ma raison.

— Attends un instant, dit-il soudain. Ne bouge pas.

Je me levai avec lui et lui barrai la route du téléphone. Malgré moi, je haussai le ton, je me mis à crier :

— Ne faites pas ça ! J'ai reçu une lettre, l'enveloppe portait votre adresse. Je suis venue pour savoir qui vous étiez et pour que vous me disiez qui je suis !

— Calme-toi. Je ne comprends pas ce que tu racontes. Si Murneau n'est pas au courant, il faut que je lui téléphone. Je ne sais pas comment tu es sortie de cette clinique, mais il est visible que c'est sans l'accord de personne.

Il me prit à nouveau par les épaules, essaya de me faire asseoir dans le fauteuil que j'avais quitté. Il était livide à hauteur des tempes mais ses joues s'étaient brusquement empourprées.

— Je vous en supplie, il faut que vous m'expliquiez ! Je me suis fait des idées sottes, mais je ne suis pas folle. Je vous en supplie.

Il ne réussit pas à me faire asseoir, il renonça. Je le pris par le bras quand il fit un nouvel écart vers le téléphone qui se trouvait sur la table.

— Calme-toi, dit-il. Je ne te veux pas de mal. Je te connais depuis des années.

— Qui êtes-vous ?

— François ! Je suis avocat. Je m'occupe des affaires de la Raffermi. Je fais partie du « Registre ».

— Le « Registre » ?

— Le livre de comptes. Ceux qui travaillaient pour elle. Ceux qui étaient sur son livre de paye. Je suis un ami, ce serait trop long à t'expliquer. C'est moi qui m'occupais de ses contrats en France, tu comprends ? Assieds-toi.

— Vous ne m'avez pas écrit après l'accident ?

— Non. Murneau m'a demandé de ne pas le faire. J'ai pris de tes nouvelles comme tout le monde, mais je ne t'ai pas écrit. Pour te dire quoi ?

— Que je vous appartiendrais toujours.

En répétant les mots, je me rendis compte à quel point c'était idiot d'imaginer cet homme au menton lourd, qui aurait pu être mon père, écrivant une lettre comme celle-là.

— Quoi ? C'est ridicule ! Je ne me serais jamais permis ! Où est cette lettre ?

— Je ne l'ai pas.

— Écoute, Micky. J'ignore ce que tu as dans la tête. Il est possible que dans l'état où tu es, tu imagines n'importe quoi. Mais je t'en prie, laisse-moi téléphoner à Murneau.

— Précisément, c'est Jeanne qui m'a donné l'idée de venir vous voir. J'ai reçu de vous une lettre d'amoureux, puis Jeanne m'a dit que vous n'aviez jamais eu de chance avec moi : qu'est-ce que vous voulez que j'imagine ?

— Murneau a lu cette lettre ?

— Je n'en sais rien.

— Je ne comprends pas, dit-il. Si Murneau t'a dit que je n'avais pas de chance avec toi, c'est d'abord parce que tu avais l'habitude de faire ce jeu de mots, ensuite qu'elle faisait allusion à autre chose. C'est vrai que tu m'as causé pas mal d'ennuis.

— Des ennuis ?

— Laissons ça, je t'en prie. Ça tient à des dettes puériles, à des ailes de voitures enfoncées, c'est sans importance. Assieds-toi, sois gentille et laisse-moi téléphoner. Est-ce que tu as déjeuné au moins ?

Je n'eus pas le courage de le retenir une

nouvelle fois. Je le laissai contourner la table, former le numéro. Je reculai lentement vers la porte. En écoutant la sonnerie, à l'autre bout du fil, il ne me quittait pas des yeux, mais il était évident qu'il ne me voyait pas.

— Tu sais si elle est chez toi, en ce moment ?

Il raccrocha et refit le numéro. Chez moi ? À lui, pas plus qu'aux autres, Jeanne n'avait dit où elle me gardait, puisqu'il me croyait sortie de clinique le matin même. Je compris qu'avant de venir me chercher, elle avait dû habiter plusieurs semaines un autre domicile qui était « chez moi » : c'était là qu'il téléphonait.

— Ça ne répond pas.

— Où téléphonez-vous ?

— Rue de Courcelles, bien sûr. Elle déjeune ailleurs ?

Je l'entendis crier « Micky ! » derrière moi alors que j'étais déjà dans le vestibule, ouvrant la porte d'entrée. Je n'avais jamais senti mes jambes aussi lasses, mais les marches de l'escalier étaient larges, les escarpins de marraine Midola de bonne qualité, je ne tombai pas en descendant.

Je marchai un quart d'heure à travers des rues vides, autour de la porte d'Auteuil. Je m'aperçus que je tenais toujours, sous mon bras, le dossier de coupures de presse du docteur Doulin. Je m'arrêtai devant un miroir de vitrine, pour m'assurer que mon béret était en place, que je n'avais pas l'allure d'une malfaitrice. Je vis une jeune fille aux traits tirés, mais calme et bien vêtue, puis aussitôt, derrière, l'homme qui m'avait ouvert chez François Chance.

Je ne pus me retenir de porter ma main libre à ma bouche, en me retournant d'un sursaut qui me fit mal des épaules jusqu'au sommet du crâne.

— N'aie pas peur, Micky, je suis un ami. Viens. Il faut que je te parle.

— Qui êtes-vous ?

— Ne crains rien. Je t'en prie, viens. Je veux juste te parler.

Il me prit le bras d'un geste sans brusquerie. Je me laissai faire. Nous étions trop loin pour qu'il pût me ramener de force chez François Chance.

— Vous m'avez suivie ?

— Oui. Quand tu es venue tout à l'heure, j'ai perdu la tête. Je ne te reconnaissais pas, tu ne semblais pas me connaître. Je t'ai attendue devant l'immeuble, en voiture, mais tu es sortie si vite que je n'ai pas pu t'appeler. Après, tu as tourné dans une rue en sens interdit, j'ai eu du mal à te retrouver.

Il me tint fermement jusqu'à sa voiture, une conduite intérieure noire arrêtée sur une place que je venais de traverser.

— Où m'emmenez-vous ?

— Où tu voudras. Tu n'as pas déjeuné ? Tu te souviens de *Chez Reine* ?

— Non.

— C'est un restaurant. Nous y allions souvent. Toi et moi. Micky, je t'assure que tu n'as pas à avoir peur.

Il serra mon bras et dit très vite :

— C'est moi que tu venais voir, ce matin. Au fond, je ne croyais pas que tu reviendrais jamais. J'ignorais cette... Enfin, que tu ne te souvenais pas. Je ne savais plus quoi penser.

Il avait les yeux très sombres, très brillants, une voix sans timbre mais agréable, qui allait bien avec sa nervosité. Il semblait fort et tourmenté. Il me déplaisait, sans raison, mais je n'en avais plus peur.

— Vous avez écouté à la porte ?

— J'ai entendu du vestibule. Monte, je t'en prie. La lettre, c'était moi. Je m'appelle François, moi aussi. François Roussin. Tu as confondu à cause de l'adresse...

Quand je fus assise près de lui, dans la voiture, il me demanda de le tutoyer, comme avant. J'étais incapable d'une pensée cohérente. Je le regardais sortir ses clefs, mettre le contact, je m'étonnais de voir sa main trembler. Je m'étonnais davantage de ne pas trembler moi-même. J'avais dû aimer cet homme puisqu'il était mon amant. Il était normal qu'en me retrouvant, il fût nerveux. Je me sentais, moi, engourdie des pieds à la tête. Si je frissonnais, c'était le froid. Rien n'était réel que le froid.

J'avais gardé mon manteau. J'avais l'impression que le vin me réchauffait, je buvais beaucoup trop, et mes idées n'en étaient pas plus claires.

Je l'avais rencontré l'année précédente chez François Chance où il travaillait. J'étais restée dix jours à Paris, à l'automne. La manière dont il racontait le début de notre liaison laissait supposer qu'il n'était pas ma première passade, et que je l'avais proprement enlevé à ses occupations pour l'enfermer avec moi dans un hôtel de Milly-la-Forêt. Rentrée à Florence, je lui avais écrit des lettres brûlantes qu'il me montrerait. Évidemment, je le trompais, mais c'était par bravade, par dégoût d'une vie stupide parce que j'étais loin de lui. Je n'avais pas réussi, auprès de ma tante, à lui ménager un faux voyage d'affaires en Italie. Nous nous étions retrouvés cette année, en janvier, lorsque j'étais venue à Paris. Grande passion.

La fin de l'histoire, puisqu'il devait forcément y en avoir une (l'accident), me semblait des plus brumeuses. C'était peut-être en partie l'effet du vin, mais les événements s'embrouillaient de plus en plus à partir de l'entrée en scène du personnage de Domenica Loï.

Il y avait une dispute, des rendez-vous manqués, une autre dispute où je l'avais giflé, encore une dispute où j'avais non pas giflé mais battu Do, une telle colère qu'elle me suppliait à genoux, et qu'elle avait porté huit jours les marques de mes coups. Il y avait aussi un épisode, sans rapport apparent avec l'action, où il était question d'une indélicatesse de lui, de moi, ou de Do. Et puis, des choses qui n'avaient plus de rapport avec rien : la jalousie, une « boîte » à l'Étoile, l'emprise équivoque d'un personnage diabolique (Do) qui voulait me séparer de lui (François), un brusque départ en MG, au mois de juin, des lettres sans réponse, le retour du Dragon (Jeanne), l'emprise de plus en plus équivoque du personnage diabolique sur le Dragon, une voix soucieuse au téléphone (la mienne) au cours d'une communication Paris-Cap Cadet qui avait duré vingt-cinq minutes et lui avait coûté une fortune.

Parce qu'il parlait sans s'arrêter, il ne mangeait pas. Il commanda une seconde bouteille de vin, s'agita beaucoup, fuma beaucoup. Il devinait que tout ce qu'il racontait me semblait faux. Il finit par répéter « je t'assure » à la fin de chaque phrase. J'avais une boule de glace dans la poitrine. Quand brusquement je pensai à Jeanne, il me prit envie de laisser tomber ma tête dans mes bras, sur la nappe, pour dormir ou pour sangloter. Elle me trouverait, elle me remettrait mon béret sur la tête, elle m'emmènerait loin de tout ça, loin de cette vilaine voix sans timbre, de ces bruits de vaisselle, de cette fumée qui me piquait les yeux.

— Allons-nous-en.

— Je te demande une seconde. Surtout ne pars pas ! Il faut que je téléphone au bureau.

Moins engourdie ou moins écœurée, je serais partie. J'allumai une cigarette que je ne pus supporter, que j'éteignis aussitôt dans mon assiette. Je me dis que racontée d'une autre façon, cette histoire m'eût semblé moins laide, je m'y serais peut-être reconnue. De l'extérieur, rien n'est vrai. Mais qui pouvait savoir ce que cette petite écervelée avait dans le cœur, sinon moi ? Quand je retrouverais mes souvenirs, ce serait probablement les mêmes événements, ce ne serait plus la même chanson.

— Viens, dit-il. Tu ne tiens plus debout. Je ne te quitte pas.

Il prenait à nouveau mon bras. Il ouvrait une porte vitrée. Il y avait du soleil sur les quais. J'étais assise dans sa voiture. Nous roulions dans des rues en pente.

— Où allons-nous ?

— Chez moi. Écoute, Micky, je me rends compte que je t'ai raconté tout cela très mal, je voudrais que tu oublies. Nous en reparlerons quand tu auras dormi un peu. Tous ces chocs, toutes ces émotions répétées, je comprends que tu sois chavirée. Ne me juge pas mal trop vite.

Comme Jeanne l'avait fait, il posa, en conduisant, une main sur mon genou.

— C'est merveilleux, dit-il, de te retrouver.

Quand je m'éveillai, la nuit venait de tomber. Je n'avais jamais eu aussi mal à la tête depuis les premiers jours de la clinique. François me secouait le bras.

— Je t'ai fait du café. Je te l'apporte.

J'étais dans une chambre aux rideaux tirés, aux meubles disparates. Le lit sur lequel j'étais allongée, en jupe et pull-over, une couverture sur les jambes, était un canapé pliant, et je revoyais François en train de le préparer. Sur une petite table, à hauteur de mes yeux, je vis une photographie de moi, du moins celle que j'étais « avant », dans un cadre en argent. Au pied d'un fauteuil qui faisait face au lit, les coupures de presse du docteur

Doulin étaient étalées sur le tapis. François avait dû les lire durant mon sommeil.

Il revint avec une tasse fumante. Cela me fit du bien. Il me regardait boire en souriant, mains dans les poches de son pantalon, en bras de chemise, apparemment très content de lui. Je regardai ma montre. Elle était arrêtée.

— J'ai dormi longtemps ?

— Il est six heures. Tu te sens mieux ?

— Il me semble que je dormirais encore pendant des années. J'ai mal à la tête.

— Est-ce qu'il faut faire quelque chose ? me dit-il.

— Je ne sais pas.

— Veux-tu que j'appelle un docteur ?

Il s'assit sur le lit près de moi, et prit la tasse vide que j'avais dans les mains. Il la posa sur le tapis.

— Il vaudrait mieux appeler Jeanne.

— Il y a un docteur dans la maison, mais je n'ai pas le téléphone. Et puis, je t'avouerai que je n'ai aucune envie de la voir rappliquer chez moi.

— Tu ne l'aimes pas ?

Il rit et me prit dans ses bras.

— Je te retrouve, dit-il. Tu n'as pas vraiment changé. Il y a toujours ceux qu'on aime et ceux qu'on n'aime pas. Non, ne bouge pas. J'ai bien le droit de te tenir un peu après tout ce temps.

Il me fit baisser la tête, passa la main dans mes cheveux, m'embrassa doucement au-dessous de la nuque.

— Non, je ne l'aime pas. Avec toi, il faudrait

aimer tout le monde. Même cette pauvre fille, qui pourtant, Dieu sait...

Sans cesser de m'embrasser, il fit un geste de la main pour montrer les coupures de presse sur le tapis.

— J'ai lu ça. On m'avait déjà raconté, mais tous ces détails, c'est terrible. Je suis content que tu aies voulu la tirer de là. Laisse-moi voir tes cheveux.

Je mis vivement une main sur ma tête.

— Non, je t'en prie.

— Tu es obligée de garder ces gants ? me dit-il.

— Je t'en prie.

Il posa un baiser sur ma main gantée, la souleva doucement, embrassa mes cheveux.

— C'est ce qui te change le plus, les cheveux. Pendant le repas, tout à l'heure, j'ai eu plusieurs fois l'impression de parler à une étrangère.

Il prit mon visage dans ses mains et me regarda longuement, tout près.

— Pourtant, c'est bien toi, c'est bien Micky. Je t'ai regardée dormir. Je t'ai souvent regardée dormir, tu sais. Tout à l'heure, tu avais le même visage.

Il m'embrassa sur la bouche. Un petit baiser sec, d'abord, pour voir comment j'allais réagir, puis longtemps. Un autre engourdissement me gagnait, qui ne ressemblait en rien à celui du déjeuner, qui était comme une déchirure douce dans tous mes membres. Une sensation qui venait d'avant la clinique, avant la lumière blanche, « d'avant » tout simplement. Je ne bougeai pas. J'étais attentive, et je crois que j'avais l'espoir absurde de tout retrouver sur un baiser. Je m'écartai parce que je ne pouvais plus respirer.

— Tu me crois, maintenant ? me dit-il.

Il avait un petit sourire satisfait, une mèche brune sur le front. C'est cette phrase qui faussa tout. Je m'écartai davantage.

— Je suis venue dans cette chambre souvent ?

— Pas très souvent, non. J'allais chez toi.

— Où ?

— À la Résidence, rue Lord-Byron, et puis rue de Courcelles. Tiens, une preuve !

Il se leva brusquement, alla ouvrir des tiroirs, revint près de moi en me tendant un petit trousseau de clefs.

— Tu me les as données quand tu t'es installée rue de Courcelles. Il y avait des soirs où tu ne dînais pas avec moi, nous nous retrouvions là-bas.

— Un appartement ?

— Non. Un petit hôtel particulier. Très joli. Murneau te montrera. Ou, si tu veux, nous irons ensemble. C'était bien, à ce moment-là.

— Raconte-moi.

Il rit à nouveau, en m'entourant de ses bras. Je me laissai allonger sur le lit, les clefs dures dans la paume de ma main.

— Raconter quoi ? dit-il.

— Nous. Jeanne. Do.

— Nous, c'est intéressant. Pas la Murneau. Ni l'autre. C'est à cause de l'autre que je ne suis plus venu.

— Pourquoi ?

— Elle te montait la tête. Dès que tu l'as emmenée là-bas, rien n'a plus marché. Tu étais folle. Tu avais des idées folles.

— C'était quand ?

— Je ne sais plus. Jusqu'à ce que vous partiez dans le Midi, toutes les deux.

— Comment était-elle ?

— Écoute, elle est morte. Je n'aime pas dire du mal des morts. D'ailleurs, quelle importance comment elle était ? Tu la voyais tout autrement : gentille, un amour, se serait fait couper la tête pour toi. Et tellement intelligente ! Elle devait être intelligente, en effet. Elle a très bien su te manœuvrer et manœuvrer la Murneau. Si ça se trouve, elle a manqué d'un poil de manœuvrer aussi mémé Raffermi.

— Elle connaissait ma tante ?

— Non, heureusement. Mais si ta tante était morte un mois plus tard, tu peux être sûre qu'elle l'aurait connue, et qu'elle l'aurait eue, sa part du gâteau. Tu étais prête à l'emmener. Elle avait tellement envie de connaître l'Italie.

— Pourquoi dis-tu qu'elle m'avait monté la tête contre toi ?

— Je la gênais.

— Pourquoi ?

— Est-ce que je sais ! Elle pensait que tu m'épouserais. Tu as eu tort de lui parler de nos projets. Et nous avons tort de parler de tout ça maintenant. On arrête.

Il m'embrassait dans le cou, sur la bouche, mais

je n'éprouvais plus rien, j'essayais d'ordonner mes pensées, inerte.

— Pourquoi disais-tu tout à l'heure que tu étais content que j'aie essayé de la tirer de sa chambre, pendant l'incendie ?

— Parce que moi, je l'aurais laissée crever. Et puis, des choses. Arrêtons, Micky.

— Quelles choses ? Je veux savoir.

— Quand j'ai appris ça, j'étais à Paris. Je ne comprenais pas bien ce qui s'était passé. Je me suis imaginé Dieu sait quoi. Je ne croyais pas à un accident. Enfin, pas à un accident par hasard.

Je restais sans voix. Il était fou. Il disait des horreurs en relevant lentement ma jupe d'une main, en déboutonnant le col de mon pull-over de l'autre. J'essayai de me redresser.

— Laisse-moi.

— Tu vois ? Cesse de penser à tout ça.

Il me repoussa brutalement sur le lit. Je voulus écarter cette main qui remontait sur mes jambes, c'est lui qui écarta la mienne, et il me fit mal.

— Laisse-moi !

— Écoute, Micky !...

— Pourquoi as-tu pensé que ce n'était pas un accident ?

— Bon sang ! Il faut être complètement cinglé pour croire à un accident quand on connaît Murneau ! Il faut être cinglé pour croire qu'elle aurait laissé passer un branchement mal fait pendant les trois semaines où elle est restée là-bas ! Tu peux en être sûre comme de l'Évangile, il était impeccable, ce branchement !

Je me débattis comme je pouvais. Il ne me lâchait pas. La lutte le poussait à lutter davantage. Il déchira le haut de mon pull-over et ce fut cela qui l'arrêta. Il vit que je pleurais et me laissa.

Je cherchai mon manteau, mes chaussures. Je n'entendais pas ce qu'il disait. Je ramassai les coupures de presse, les rangeai dans le dossier. Je me rendis compte que je tenais encore dans une main les clefs qu'il m'avait données. Je les mis dans la poche de mon manteau.

Il restait devant la porte pour me barrer le passage, les traits défaits, l'air curieusement soumis. Je m'essuyai les yeux du dos de la main, en lui disant que s'il voulait me revoir, il fallait qu'il me laissât partir.

— C'est idiot, Micky. Je t'assure que c'est idiot. Il y a des mois que je pense à toi. Je ne sais pas ce qui m'a pris.

Il resta sur le palier à me regarder descendre. Triste, laid, avide, menteur. Un vautour.

Je marchais depuis longtemps. Je prenais une rue, puis une autre. Plus je réfléchissais, plus mes idées s'embrouillaient. La douleur partant de ma nuque s'irradiait dans mon dos, tout au long de l'épine dorsale. Ce fut grâce à ma fatigue, probablement, que la chose arriva.

J'avais marché, d'abord pour trouver un taxi, puis pour marcher, parce que je n'avais plus envie de rentrer à Neuilly, de voir Jeanne. Je pensai lui téléphoner, mais je n'aurais pu me retenir de lui parler du branchement. J'avais peur de ne pas la croire, si elle se justifiait.

J'eus froid. J'entrai me réchauffer dans un café. En payant, je m'aperçus qu'elle m'avait donné beaucoup d'argent, sans doute assez pour vivre plusieurs jours. Vivre, à cet instant, ne signifiait qu'une chose : pouvoir m'étendre, pouvoir dormir. J'aurais aimé aussi me laver, changer de vêtements, changer de gants.

Je marchai encore et entrai dans un hôtel près de la gare Montparnasse. On me demanda si je n'avais pas de bagages, si je désirais une chambre avec bains, on me fit remplir une fiche. Je payai d'avance.

Je montai l'escalier à la suite d'une femme de chambre, lorsque, du comptoir, le gérant me rappela :

— Mademoiselle Loï, faut-il vous réveiller demain matin ?

Je répondis non, que ce n'était pas la peine, puis je me retournai, glacée dans tout le corps, l'esprit comme immobilisé d'effroi, parce que je savais d'avance, je savais depuis longtemps, je savais depuis toujours.

— Comment m'avez-vous appelée ?

Il regarda la fiche que j'avais remplie.

— Mademoiselle Loï. Ce n'est pas ça ?

Je descendis vers lui. J'essayais encore d'étouffer en moi une vieille peur. Ce ne pouvait pas être vrai, c'était un simple « télescopage », le fait d'avoir parlé d'elle deux heures avant, la fatigue…

J'avais écrit sur ce papier jaune : « *Loï Domenica*

Lella Marie, née le 4 juillet 1939 à Nice (Alpes-Maritimes), française, employée de banque. »

La signature était *Doloï*, écrit très lisiblement, en un seul mot, entouré d'un ovale maladroit et hâtif.

Je me déshabillai. Je fis couler un bain. J'ôtai mes gants avant de me glisser dans l'eau. Puis, de devoir toucher mon corps avec mes mains me révulsa, je les remis.

J'agissais lentement, presque calmement. À un certain degré d'abattement, être assommée, être calme, c'était un peu la même chose.

Je ne savais plus dans quel sens réfléchir et je ne réfléchissais pas. J'étais mal et en même temps j'étais bien parce que l'eau était tiède. Je restai peut-être une heure ainsi. Je n'avais pas remis ma montre en marche et quand je la regardai, en sortant de la baignoire, elle marquait toujours trois heures de l'après-midi.

Je me séchai avec les serviettes de l'hôtel, passai mon linge avec des mains cuisantes, des gants mouillés. Le miroir d'une armoire me renvoyait l'image d'un automate aux hanches étroites, qui se promenait pieds nus dans la chambre, avec un visage moins humain que jamais. En m'approchant, je me rendis compte que le bain avait avivé des lignes affreuses sous les sourcils, les ailes du nez, le menton, les oreilles. À travers mes cheveux, des cicatrices étaient gonflées, rouge brique.

Je m'abattis sur le lit et restai longtemps la tête

dans mes bras, sans autre pensée que celle d'une jeune fille plongeant volontairement sa tête et ses mains dans le feu.

Ce n'était pas possible. Qui pouvait avoir cette sorte de courage ? Je m'aperçus soudain de la présence, à quelques centimètres de mon œil, du dossier que m'avait remis le docteur Doulin.

La première fois que j'avais parcouru les articles, le matin, tout concordait avec le récit de Jeanne. En les relisant, je découvris des détails qui m'avaient alors semblé sans importance mais qui, à présent, m'aveuglaient.

La date de naissance de Domenica Loï, ni les autres prénoms n'étaient mentionnés. On disait seulement qu'elle avait vingt et un ans. Mais l'incendie s'étant produit un 4 juillet, on ajoutait que la malheureuse avait péri la nuit de son anniversaire. Je pensai, pendant quelques secondes, que je pouvais connaître les prénoms de Do, sa date de naissance aussi bien qu'elle, que j'avais pu écrire Loï à la place d'Isola : ma fatigue, les préoccupations dont Do faisait partie, tout l'expliquait. Mais cela n'expliquait pas un dédoublement aussi total, une fiche complète, jusqu'à cette signature absurde d'écolière.

D'autres objections se présentaient ensemble à mon esprit. Jeanne ne pouvait pas se tromper. Elle m'avait aidée à me baigner dès le premier soir, elle me connaissait comme une mère adoptive, depuis des années. Si mon visage était transformé, mon corps, ma démarche, ma voix ne l'étaient pas. Do pouvait avoir la même taille que moi, peut-être la même couleur d'yeux, et les mêmes cheveux bruns, mais la méprise n'était pas possible pour Jeanne. La courbe d'un dos ou d'une épaule, la forme d'une jambe m'aurait trahie.

Je pensais le mot : trahie. Et c'était bizarre, comme si déjà, malgré moi, mes idées avaient cheminé vers une explication que je ne voulais pas admettre, pas plus que je n'avais voulu admettre pendant plusieurs jours les signes évidents de ce que j'avais découvert en relisant une fiche d'hôtel.

Je n'étais pas moi ! Même mon impuissance à retrouver mon passé était une preuve. Comment aurais-je pu retrouver le passé de quelqu'un que je n'étais pas ?

D'ailleurs, Jeanne ne m'avait pas reconnue. Mon rire la surprenait, ma démarche, d'autres détails que j'ignorais, qu'elle attribuait peut-être à la convalescence, mais qui l'inquiétaient, l'éloignaient progressivement de moi.

Ce que j'avais essayé de comprendre aujourd'hui, en lui échappant, c'était cela. Le « je ne dors plus ». Le « comment peux-tu lui ressembler ? ». Je ressemblais à Do, parbleu ! Jeanne ne voulait pas l'admettre, comme moi, mais chacun de mes gestes lui broyait le cœur, chaque nuit de doute ajoutait des cernes sous ses yeux.

Il y avait, malgré tout, une faille dans ce raisonnement : la nuit de l'incendie. Jeanne était là. Elle m'avait ramassée au bas des escaliers, elle m'avait certainement accompagnée à La Ciotat, à Nice. On lui avait aussi demandé, avant que ses parents le fissent, de reconnaître le corps de la morte.

Même brûlée, j'étais reconnaissable. La méprise était possible pour les étrangers, mais pas pour Jeanne.

Alors, c'était le contraire. Plus horrible, mais bien plus simple.

« Qui me dit que tu ne joues pas la comédie ? » Jeanne avait peur, peur de moi. Non parce que je ressemblais de plus en plus à Do, *mais parce qu'elle savait que j'étais Do !*

Elle le savait depuis la nuit de l'incendie. Pourquoi elle s'était tue, pourquoi elle avait menti, j'avais de la répugnance à le deviner. Il était répugnant d'imaginer Jeanne, prenant volontairement la vivante pour la morte, afin de garder en vie, envers et contre tout jusqu'à l'ouverture d'un testament, sa petite héritière.

Elle s'était tue, mais il restait un témoin de son mensonge : la vivante. C'est pour cela qu'elle ne dormait plus. Elle avait isolé le témoin, qui jouait peut-être la comédie, ou peut-être pas, et il fallait bien qu'elle continue à mentir. Elle n'était plus très sûre de sa méprise, de sa propre mémoire, plus sûre de rien. Comment reconnaître un rire, la place d'un grain de beauté après trois mois d'absence, puis trois jours d'une nouvelle habitude ? Elle avait tout à craindre. D'abord de ceux qui avaient bien connu la morte et qui pourraient déceler la supercherie. Surtout de moi, qu'elle gardait loin des autres. Elle ignorait comment je réagirais en retrouvant mes souvenirs. Une autre faille, pourtant : le soir de l'incendie, Jeanne avait pu découvrir une jeune fille sans visage, sans mains, mais elle ne pouvait se douter que ce serait un parfait automate, au passé vierge comme l'avenir. Il était invraisemblable qu'elle eût pris de tels risques. À moins que…

À moins que le témoin eût autant de raisons qu'elle de se taire, et – pourquoi pas, puisque j'étais dans des suppositions abominables et absurdes – que l'ayant compris, Jeanne se fût persuadée qu'elle aurait, elle aussi, barre sur moi. Là intervenaient les soupçons de François au sujet du branchement. Il me semblait vrai, comme à lui, qu'un défaut d'installation assez grossier pour causer un incendie n'avait pu échapper à Jeanne. Donc, le branchement devait être convenable. Donc, il fallait bien que quelqu'un l'eût déréglé ensuite.

Si les enquêteurs et les maisons d'assurances en étaient restés à la thèse de l'accident, le sabotage n'avait pu être effectué en une seule fois, d'une vulgaire coupure. Dans plusieurs articles, je trouvai des détails : un joint que l'humidité rongeait depuis plusieurs semaines, les bords oxydés d'un tuyau. Cela supposait des préparatifs, un lent travail. Cela portait un nom : assassinat.

C'était avant l'incendie que la vivante avait voulu prendre la place de la morte ! Mi n'ayant aucun intérêt à cette substitution, la vivante était Do. J'étais la vivante. J'étais Do. D'une fiche d'hôtel à un tuyau de chauffe-eau, la boucle était fermée, exactement comme cet ovale prétentieux qui entourait une signature.

Je me retrouvai, je ne savais comment ni depuis

quand, à genoux sous le lavabo de ma chambre d'hôtel, étudiant des conduits, tachant mes gants de poussière. Ce n'était pas des tuyaux à gaz, ils devaient être très différents de ceux du Cap Cadet, mais je devais espérer vaguement qu'ils me montreraient l'absurdité de mes hypothèses. Je me disais : ce n'est pas vrai, tu vas trop vite, même si le branchement a été bien fait, il a pu se dérégler tout seul. Je me répondais : l'installation datait à peine de trois mois, c'est impossible, et d'ailleurs, personne n'a cru que c'était possible puisqu'on a conclu à un défaut initial.

J'étais en combinaison, j'avais à nouveau très froid. Je passai ma jupe et mon pull-over déchiré. Je dus renoncer à enfiler mes bas. J'en fis une boule que j'allai placer dans la poche de mon manteau. J'étais dans un tel état d'esprit que même dans ce mouvement je vis une preuve : Mi n'aurait certainement pas eu celui-là. Une paire de bas n'avait pas pour elle une telle importance. Elle l'aurait envoyée n'importe où, à travers la chambre.

Dans la poche du manteau, je sentis les clefs que François m'avait données. Ce fut, je crois, la troisième gentillesse que me fit la vie, ce jour-là. La seconde était un baiser, avant qu'un garçon m'eût dit : « Tu me crois maintenant ? » La première était le regard de Jeanne, quand je lui avais demandé de faire un chèque et qu'elle était descendue de voiture. C'était un regard las, légèrement agacé, mais j'y avais lu qu'elle m'aimait de toutes ses forces – et il me suffisait d'y penser, dans cette chambre d'hôtel, pour croire à nouveau que rien de ce que j'imaginais n'était vrai.

Dans l'annuaire, l'hôtel particulier de la rue de Courcelles était au nom de Raffermi. Mon index ganté de coton humide passa cinquante-quatre numéros de la colonne avant de s'arrêter sur le bon.

Le taxi me laissa devant le 55 : un portail aux grilles hautes, peintes en noir. Ma montre, que j'avais remise à l'heure en quittant l'hôtel de Montparnasse, marquait près de minuit.

Au fond du jardin planté de marronniers, la maison était blanche, élancée, paisible. Il n'y avait pas de lumière et les volets semblaient fermés.

J'ouvris le portail qui ne grinçait pas, remontai une allée bordée de gazon. Mes clefs n'entraient pas dans les verrous de la porte d'entrée. Je fis le tour de la maison et trouvai une porte de service que j'ouvris.

À l'intérieur, demeurait encore le parfum de Jeanne. J'allumai les pièces au fur et à mesure que je les découvrais. Elles étaient petites, la plupart peintes en blanc, meublées d'une manière qui me parut chaude et confortable. Au premier étage, je découvris les chambres. Elles s'ouvraient sur un vestibule moitié blanc, moitié rien, parce que, probablement, on n'avait pas fini de peindre les murs.

La première pièce où j'entrai était la chambre de Micky. Comment je savais que c'était la sienne, je ne me le demandai pas. Tout parlait d'elle : le désordre des gravures sur un mur, la richesse des tissus, le grand lit à baldaquin, cerné de mousseline que l'air du vestibule, à mon entrée, gonfla comme les voiles d'un navire. Et puis aussi des raquettes de tennis sur une table, une photo de garçon accrochée à l'abat-jour d'une lampe, le gros éléphant en peluche assis dans un fauteuil, une casquette d'officier allemand sur un buste de pierre qui devait représenter marraine Midola.

J'ouvris les voiles du lit pour m'étendre quelques secondes, ensuite les tiroirs des meubles pour y découvrir, contre toute attente, une preuve que cette chambre m'appartenait. Je sortis du linge, des objets pour moi sans signification, des papiers que je parcourais rapidement et que je laissais tomber sur le tapis.

J'abandonnai la chambre dans un grand désordre. Mais qu'importait ? Je savais que j'allais téléphoner à Jeanne. Je remettrais mon passé, mon présent et mon avenir entre ses mains, je dormirais. Elle s'occuperait du désordre et d'un assassinat.

La seconde pièce était anonyme, la troisième était celle où devait coucher Jeanne pendant que je me trouvais à la clinique. Le parfum qui flottait dans la salle de bains voisine, la taille des vêtements dans une armoire me l'indiquèrent.

J'ouvris enfin la chambre que je cherchais. Il n'y restait rien que les meubles, un peu de linge dans une commode, une robe de chambre en écossais vert et bleu (« Do » brodé sur la poche supérieure), et trois valises rangées près du lit.

Les valises étaient pleines. Je compris, en répandant leur contenu sur le tapis, que Jeanne les avait rapportées du Cap Cadet. Deux d'entre elles renfermaient des affaires de Mi qu'elle ne m'avait pas montrées. Si elles se trouvaient dans cette pièce, c'était peut-être parce que Jeanne n'avait pas eu le courage d'entrer dans la chambre de la morte. Ou bien rien.

La troisième valise, plus petite, contenait très peu de vêtements, mais des lettres, des papiers appartenant à Do. C'était trop peu de chose pour croire que c'était tout, mais je me dis qu'on avait probablement rendu aux Loï les autres affaires de leur fille qui avaient échappé à l'incendie.

Je défis une ficelle qui serrait plusieurs lettres ensemble. C'était des lettres de marraine Midola (elle signait ainsi) à quelqu'un que je crus d'abord Mi, parce qu'elles commençaient par « Ma chérie », ou « Carina », ou « Ma petite ». En les lisant, je compris que s'il y était beaucoup question de Mi, elles étaient adressées à Do. J'avais peut-être, à présent, une curieuse notion de l'orthographe, mais elles me semblaient bourrées de fautes. Elles étaient néanmoins très tendres et ce que j'y lisais, entre les lignes, me glaçait à nouveau le sang.

Avant de continuer mon inventaire, je cherchai un appareil de téléphone. Il y en avait un dans la chambre de Mi. J'appelai le numéro de Neuilly. Il était près d'une heure du matin, mais Jeanne devait garder la main sur un récepteur car elle décrocha aussitôt. Avant que j'aie pu dire un mot, elle me cria son angoisse, moitié m'insultant, moitié me suppliant. Je criai à mon tour :

— Arrête !

— Où es-tu ?

— Rue de Courcelles.

Il y eut un silence soudain qui se prolongea, qui pouvait tout signifier : un étonnement, un aveu. Ce fut moi, finalement, qui repris la parole :

— Viens, je t'attends.

— Comment es-tu ?

— Mal. Apporte-moi des gants.

Je raccrochai. Je revins dans la chambre de Do et continuai de fouiller *mes* papiers. Puis je pris une culotte, une combinaison qui m'avaient appartenu, la robe de chambre en écossais. Je changeai de vêtements. J'ôtai même mes chaussures. Je descendis pieds nus au rez-de-chaussée. Tout ce que je gardais de « l'autre », c'était mes gants et mes gants étaient à moi.

Dans le living-room où j'allumai toutes les lampes, je bus une gorgée de cognac, au goulot de la bouteille. Je m'attachai un long moment à comprendre le mécanisme d'un tourne-disque. Je mis quelque chose de bruyant. Le cognac me faisait du bien mais je n'osai pas en boire davantage. Je pris quand même la bouteille pour aller m'étendre dans une pièce voisine qui me semblait plus chaude, et je la gardai contre ma poitrine, dans le noir.

Environ vingt minutes après mon coup de téléphone, j'entendis une porte s'ouvrir. Un instant plus tard, la musique s'arrêta dans la pièce à côté.

Des pas s'approchèrent de la chambre où je me trouvais. Jeanne n'alluma pas. Je vis sa longue silhouette s'arrêter sur le seuil, une main sur la poignée de la porte – exactement comme le négatif de la jeune femme qui m'était apparue à la clinique. Elle resta silencieuse plusieurs secondes, puis elle dit, de sa voix douce, profonde et tranquille :

— Bonsoir, Do.

J'ASSASSINERAI

Tout commença un après-midi de février, à la banque où travaillait Do, par ce que Mi appela plus tard (et bien sûr, on était censé rire) : « un coup de chance ». Le chèque ressemblait à tous les chèques qui passaient entre les mains de Domenica de neuf heures du matin à cinq heures du soir, sans autre interruption que les quarante-cinq minutes du déjeuner. Il portait la signature du titulaire du compte, François Chance, et c'est après avoir effectué l'opération de débit que Domenica lut l'endos : Michèle Isola.

Elle regarda presque machinalement par-dessus les têtes de ses collègues, aperçut, de l'autre côté du comptoir des caissiers, une jeune fille aux yeux bleus, aux longs cheveux noirs, en manteau beige. Elle resta assise, plus étonnée par la beauté de Mi que par sa présence. Cette rencontre, Dieu savait pourtant si elle l'avait imaginée : une fois, elle avait lieu sur un paquebot (un paquebot !), une autre fois au théâtre (où elle n'allait jamais), ou bien sur une plage italienne (elle ne connaissait pas l'Italie). Enfin n'importe où dans le monde qui n'était pas vraiment irréel, où elle n'était pas vraiment Do, le monde d'avant le sommeil, quand on peut imaginer sans risque n'importe quoi.

Derrière un comptoir qu'elle voyait chaque jour depuis deux ans, un quart d'heure avant la sonnerie de la fermeture, la rencontre était encore réelle, mais elle ne surprenait pas. Néanmoins, Mi était si jolie, si éclatante, elle semblait si merveilleusement accordée au bonheur, que sa vue balayait tous les rêves.

Sur l'oreiller, la vie était plus simple. Do retrouvait une orpheline qu'elle surclassait par la taille (1,68 m), la sagesse (Bachot 1re et 2e partie mention bien), le jugement (elle multipliait la fortune de Mi par de nuageuses opérations en Bourse), le cœur (elle sauvait marraine Midola d'un naufrage alors que Mi ne songeait qu'à elle-même et périssait), les succès (le futur fiancé de Mi, un prince italien, préférait la « cousine » pauvre, trois jours avant le mariage : crise de conscience effroyable), enfin, par tout. Par la beauté, cela allait de soi.

Mi était si ravissante qu'à plus de quinze ans, par-dessus des têtes qui allaient et venaient, Do en eut presque mal. Elle voulait se lever, elle ne pouvait pas. Elle vit le chèque passer dans une liasse d'autres, la liasse dans les mains d'une de ses collègues, puis sur le portillon intérieur d'un caissier. La jeune fille en manteau beige – de loin, elle paraissait plus de vingt ans et très assurée de ses gestes – plaça l'argent qu'on lui remettait dans son sac à main, montra une seconde son sourire, alla retrouver à la porte de la banque une autre jeune fille qui l'attendait.

Domenica fit le tour des comptoirs avec une curieuse sensation d'écœurement dans la poitrine. Elle se disait : « Je vais la perdre, je ne la reverrai jamais. Si je la vois, si j'ose lui parler, elle me fera la faveur d'un sourire, mais elle m'oubliera aussitôt avec indifférence. »

Ce fut à peu près ce qui arriva. Elle rattrapa les deux jeunes filles sur le boulevard Saint-Michel, à plus de cinquante mètres de la banque, alors qu'elles s'apprêtaient à monter dans une MG blanche arrêtée en stationnement interdit. Mi regarda, sans la reconnaître, mais avec un intérêt poli, cette fille en corsage qui la prenait par la manche, qui devait geler de froid (c'était vrai), qui avait couru et parlait d'une voix essoufflée.

Do dit qu'elle était Do. Après bien des explications, Mi eut l'air de se rappeler la petite camarade d'enfance, répondit que c'était drôle de se retrouver ainsi. Il n'y avait déjà plus rien à dire. C'est Mi qui fit un effort. Elle demanda s'il y avait longtemps que Do habitait Paris et travaillait dans une banque, si son travail lui plaisait. Elle présenta Do à son amie, une Américaine mal maquillée qui s'était déjà assise dans la voiture. Puis elle dit :

— Téléphone-moi un de ces jours. Ça m'a fait plaisir de te revoir.

Elles partirent, Mi au volant, dans un bruit de moteur poussé à fond. Do revint à la banque au moment où l'on fermait les portes, l'esprit plein d'idées confuses et de rancœur. *Comment lui téléphoner, je ne sais même pas où elle habite. C'est étonnant qu'elle soit aussi grande que moi, elle était bien plus petite autrefois. Je serais aussi jolie qu'elle si j'étais habillée pareil. De combien il était, le chèque ? Elle se moque bien que je lui téléphone ou pas. Elle n'a pas l'accent italien. Je suis bête, c'est elle qui a été obligée de faire la conversation. Elle a dû me trouver bête et mal fagotée. Je la déteste. Je peux la détester tant que je veux, c'est moi qui en étoufferai.*

Elle restait une heure à travailler après la fermeture. Elle mit la main sur le chèque au moment où les autres employés se préparaient à partir. L'adresse de Mi n'y figurait pas. Elle nota celle du titulaire du compte, François Chance.

Elle appela celui-ci une demi-heure plus tard, du *Dupont-Latin*. Elle dit qu'elle était une cousine de Mi, qu'elle venait de la rencontrer, qu'elle n'avait pas pensé à lui demander son numéro de téléphone. L'homme qu'elle avait au bout du fil dit qu'à sa connaissance Mlle Isola n'avait pas de cousine, mais en définitive, il lui donna son numéro et une adresse : Résidence Washington, rue Lord-Byron.

En quittant la cabine téléphonique, au sous-sol, Do se donna trois jours pleins avant d'appeler Mi. Elle retrouva dans la salle des amis qui l'attendaient : deux collègues de bureau et un garçon qu'elle connaissait depuis six mois, qui l'embrassait depuis quatre, qui était son amant depuis deux. Il était maigre, gentil, un peu dans les nuages, pas laid, agent d'assurances.

Do reprit sa place près de lui, le regarda, le trouva moins gentil, moins dans les nuages, moins joli, et tout aussi agent d'assurances. Elle redescendit au sous-sol et appela Mi, qui était absente.

Elle eut la jeune fille sans accent italien au bout du fil, cinq jours plus tard après plusieurs tentatives chaque soir de dix-huit heures à minuit. Ce soir-là, elle téléphonait de l'appartement de Gabriel, l'agent d'assurances, qui dormait près d'elle, la tête sous son oreiller. Il était minuit.

Contre tout scepticisme raisonnable, Mi se rappelait la rencontre. Elle s'excusait de n'avoir pas été là. Le soir, c'était difficile de l'attraper. Le matin aussi, d'ailleurs.

Do, qui avait préparé toutes sortes de phrases astucieuses pour obtenir de la voir, ne put en dire qu'une :

— Il faut que je te parle.

— Ah ! bon, dit Mi. Eh bien, viens, mais fais vite, j'ai sommeil. Je t'aime bien, mais demain, il faut que je me lève tôt.

Elle fit un bruit de baiser avec la bouche et raccrocha. Do resta plusieurs minutes l'écouteur en main assise au bord du lit, comme une idiote. Puis elle bondit sur ses vêtements.

— Tu t'en vas ? dit Gabriel.

C'est lui qu'elle embrassa, à moitié habillée, avec de grands rires. Gabriel pensa qu'elle était complètement folle et remit son oreiller sur sa tête. Lui aussi se levait tôt.

C'était grand, ouaté, très anglo-saxon. Une sorte d'hôtel, avec un portier en uniforme, des hommes vêtus de noir derrière des comptoirs sombres. On téléphone pour prévenir Mi.

Do voyait un bar au fond du hall, auquel on accédait en descendant trois marches. Des gens y étaient assis qui devaient être ceux qu'on rencontre sur les paquebots, les plages à la mode, aux premières de théâtre : « le monde d'avant sommeil ».

Un liftier arrêta l'ascenseur au troisième. Appartement 14. Do s'assura de sa mise dans un miroir du couloir, arrangea ses cheveux qu'elle avait coiffés en un lourd chignon parce que sur toute leur longueur ils demandaient trop de temps. Le chignon la vieillissait un peu et lui donnait un air sérieux. C'était bien.

Une vieille femme vint ouvrir. Elle enfilait un manteau et s'en allait. Elle cria quelque chose en italien, vers la pièce voisine, et quitta l'appartement.

Comme en bas, c'était très anglais, avec de grands fauteuils et de hauts tapis. Mi surgit en combinaison courte, épaules et jambes nues, un crayon à la bouche, un abat-jour à la main. Elle expliqua qu'une ampoule l'avait lâchée.

— Comment tu vas ? Tu es bricoleuse, toi ? Viens voir.

Dans une chambre qui sentait la cigarette américaine, dont le lit était ouvert, Do, sans ôter son manteau, remit l'abat-jour en place. Mi fouillait dans une boîte, sur un meuble, puis disparaissait dans une pièce voisine. Elle revint avec trois billets de 10 000 francs dans une main, une serviette-éponge dans l'autre. Elle tendit l'argent à Do, qui le prit machinalement, interloquée.

— Ça ira ? dit Mi. Dieu, je ne t'aurais jamais reconnue, tu sais !

Elle regardait Do gentiment, avec de beaux yeux attentifs, des yeux de porcelaine. De près, elle n'avait pas plus de vingt ans, elle était vraiment très jolie. Elle resta immobile deux secondes à peine, parut se rappeler quelque chose d'urgent et se précipita vers la porte.

— *Ciao.* Fais-moi signe, promis ?

— Mais, je ne comprends pas…

Do montrait les billets, la suivait. Mi fit volte-face sur le seuil d'une salle de bains où des robinets coulaient.

— Je ne veux pas d'argent ! répétait Do.

— Ce n'est pas ce que tu m'as dit au téléphone ?

— J'ai dit que je voulais te parler.

Mi parut sincèrement navrée, ou très ennuyée, ou étonnée, ou le tout ensemble.

— Me parler ? De quoi ?

— De choses et d'autres, dit Do. Enfin, te voir, te parler. Comme ça.

— À cette heure-ci ? Écoute, assieds-toi, j'en ai pour deux minutes, je reviens.

Do attendit une demi-heure dans la chambre, assise devant les billets qu'elle avait posés sur le lit, sans oser ôter son manteau. Mi revint en peignoir éponge, frottant énergiquement ses cheveux mouillés avec une serviette. Elle dit une phrase en italien, que Do ne comprit pas, puis elle demanda :

— Ça t'ennuie que je me couche ? On parlera un moment. Tu habites loin ? Si personne ne doit s'inquiéter, tu peux dormir ici, si tu veux. Il y a un tas de lits partout. Je t'assure, je suis très heureuse de te revoir, ne fais pas cette tête.

On se demandait comment elle pouvait faire attention à la tête des gens. Elle se mit au lit en peignoir, alluma une cigarette, dit à Do que si elle voulait boire, il y avait des bouteilles, quelque part dans la pièce voisine. Elle s'endormit aussitôt, sa cigarette allumée entre les doigts, aussi soudainement qu'une poupée. Do n'en croyait pas ses yeux. Elle toucha l'épaule de la poupée, qui bougea, murmura quelque chose et lâcha sa cigarette sur le parquet.

— La cigarette, se plaignit Mi.

— Je l'éteins.

La poupée fit un bruit de baiser avec la bouche et se rendormit.

Le lendemain matin, Do arriva en retard à la banque, pour la première fois depuis deux ans. La vieille dame l'avait réveillée, sans paraître surprise de la trouver allongée sur un divan. Mi était déjà partie.

Au déjeuner, dans un bistrot près de la banque où l'on servait des « plats du jour », Do se contenta d'avaler trois tasses de café. Elle n'avait pas faim. Elle était malheureuse comme après une injustice. La vie reprend d'une main ce qu'elle vous donne de l'autre. Elle avait passé la nuit chez Mi, elle était entrée dans son intimité plus vite qu'elle n'aurait jamais osé l'imaginer, mais elle avait encore moins d'excuses que la veille pour la revoir. Mi était insaisissable.

En sortant de la banque, le soir même, Do manqua son rendez-vous avec Gabriel et revint à la Résidence. On appela, du hall, l'appartement 14. Mlle Isola n'y était pas. Do traîna toute la soirée autour des Champs-Élysées, entra dans un cinéma, revint se promener sous les fenêtres de l'appartement 14. Vers minuit, après avoir interrogé à nouveau un concierge en habit noir, elle renonça.

Environ dix jours plus tard, un mercredi matin, le « coup de chance » eut lieu à la banque une seconde fois. Mi était, ce jour-là, en tailleur turquoise, parce que le temps était doux, et c'est un garçon qui l'accompagnait. Do la rejoignit au comptoir des caissiers.

— Je pensais justement te téléphoner, dit-elle à brûle-pourpoint. J'ai retrouvé de vieilles photos, je voulais t'inviter à dîner et te les montrer.

Mi, visiblement prise de court, dit sans conviction que c'était merveilleux, qu'il fallait arranger ça. Elle regarda Do attentivement, comme le soir où elle avait voulu lui donner de l'argent. Est-ce qu'elle s'intéressait davantage aux autres qu'il ne paraissait ? Elle dut lire dans les yeux de Do la supplication, l'espoir, la crainte d'être dédaignée.

— Écoute, dit-elle, j'ai une corvée demain soir, mais je serai libre assez tôt pour dîner. C'est moi qui t'invite. Retrouve-moi quelque part vers neuf heures. Au « Flore », si tu veux. Je ne suis jamais en retard. *Ciao, carina.*

Le garçon qui l'accompagnait gratifia Do d'un sourire indifférent. En sortant de la banque, il passa son bras sur l'épaule de la princesse aux cheveux noirs.

Elle entra au « Flore » à neuf heures moins deux, son manteau seulement posé sur les épaules, un foulard blanc autour du visage. Do, qui était assise depuis une demi-heure derrière les vitres de la terrasse, avait vu passer la MG un instant auparavant et s'était félicitée qu'elle fût seule.

Mi but un Martini sec, raconta la réception dont elle sortait, un livre qu'elle avait fini la nuit précédente, paya, dit qu'elle mourait de faim et demanda si Do aimait les restaurants chinois.

Elles dînèrent face à face, rue Cujas, et prirent des plats différents, qu'elles partageaient. Mi trouvait que les cheveux libres allaient mieux à Do que le chignon du premier soir. Les siens étaient beaucoup plus longs, elle avait un mal fou à les coiffer. Deux cents coups de brosse quotidiens. À certains moments, elle regardait Do, silencieusement, avec une attention presque gênante. À certains autres, elle poursuivait un monologue en coq-à-l'âne, et peu importait, semblait-il, qui se trouvait en face d'elle.

— Au fait, les photos?

— Elles sont chez moi, dit Do. C'est à côté. Je pensais qu'on pourrait y faire un tour ensuite.

En remontant dans la MG blanche, Mi déclara qu'elle se sentait bien, qu'elle était très contente de la soirée. Elle entra à l'hôtel Victoria en disant que le quartier était sympathique et elle parut tout de suite à l'aise dans la chambre de Do. Elle ôta son manteau, ses chaussures et se pelotonna sur le lit. Elles regardèrent la petite Mi, la petite Do et des visages oubliés, attendrissants. Do, à genoux contre elle, sur le lit, aurait voulu que cela durât toujours. Elle sentait le parfum de Mi si près qu'elle en resterait sans doute imprégnée après son départ. Elle avait entouré les épaules de Mi de son bras et elle ne savait plus si c'était la chaleur des épaules ou celle du bras qu'elle éprouvait. Quand Mi, en voyant une photo où elles étaient ensemble sur le bord d'un toboggan de plage, se mit à rire, Do n'y tint plus et l'embrassa désespérément dans les cheveux.

— C'était le bon temps, dit Mi.

Elle ne s'était pas écartée. Elle ne regardait pas Do. Il n'y avait plus de photo à voir, mais elle ne bougeait pas, probablement un peu gênée. Enfin, elle tourna la tête, elle dit très vite à Do : « Allons chez moi. » Elle se leva et passa ses chaussures. Comme Do ne suivait pas, elle revint s'agenouiller devant elle et posa une main douce sur sa joue.

— Je voudrais rester toujours avec toi, dit Do. Et elle attira contre son front l'épaule d'une petite princesse qui n'était pas indifférente, mais tendre et vulnérable comme l'enfant d'autrefois et qui répondait d'une voix altérée :

— Tu as trop bu dans ce chinois, tu ne sais plus ce que tu dis.

Dans la MG, Do affectait de s'intéresser aux Champs-Élysées qui défilaient derrière la vitre, Mi ne parlait pas. Appartement 14, la vieille femme attendait, endormie dans un fauteuil. Mi la renvoya en lui donnant deux baisers bruyants sur les joues, referma la porte, lança ses chaussures à travers la pièce, son manteau sur un canapé. Elle riait, elle semblait heureuse.

— C'est quoi, ton boulot ? dit-elle.

— À la banque ? Oh, c'est trop compliqué à raconter. Et puis, ça n'est pas intéressant.

Mi, qui avait déjà baissé le haut de sa robe, revenait vers Do, lui déboutonnait son manteau.

— Ce que tu es godiche ! Enlève ça, installe-toi ! Tu me rends malade de te voir comme ça. Tu vas bouger, dis ?

Elles finirent par se battre, par tomber ensemble, moitié sur un fauteuil, moitié sur le tapis. Mi était la plus forte. Elle riait, elle reprenait sa respiration, elle maintenait Do par les deux poignets.

— Alors, c'est compliqué ce que tu fais ? C'est vrai que tu as l'air d'une fille compliquée. Depuis quand tu es une fille compliquée ? Depuis quand tu rends les gens malades ?

— Depuis toujours, dit Do. Je ne t'ai jamais

oubliée. J'ai regardé tes fenêtres pendant des heures. J'ai imaginé que je te sauvais dans un naufrage. J'ai embrassé tes photos.

Do n'arrivait plus à parler, allongée sur le tapis, poignets prisonniers, Mi sur elle.

— Eh bien, dis donc, conclut Mi.

Elle se leva et fila vers sa chambre. Un instant après, Do entendit les robinets de la salle de bains qui coulaient. Plus tard, elle se mit debout à son tour, entra dans la chambre de Mi, fouilla dans une armoire pour y trouver un pyjama ou une chemise de nuit. Ce fut un pyjama. Il était à sa taille.

Elle dormit cette nuit-là sur le canapé de la pièce d'entrée. Mi, couchée dans la chambre voisine, parla beaucoup, en forçant la voix pour se faire entendre. Elle n'avait pas pris de somnifère. Elle en prenait souvent, et cela expliquait le sommeil soudain du premier soir. Longtemps après avoir annoncé « Dodo, Do ! » (là aussi, on était censé rire), elle continua son monologue.

Vers trois heures du matin, Do se réveilla et l'entendit pleurer. Elle accourut auprès de son lit et la trouva hors des draps, en larmes, dormant à poings fermés. Elle éteignit la lampe, recouvrit Mi et alla se recoucher.

Le lendemain soir, Mi avait « quelqu'un ». Du *Dupont-Latin*, où elle téléphonait, Do pouvait entendre ce quelqu'un réclamer ses cigarettes. Mi répondait : « Sur la table, elles te crèvent les yeux. »

— Je ne te verrai pas ? dit Do. Qui est ce garçon ? C'est avec lui que tu sors ? Je ne pourrai pas te voir après ? Je peux t'attendre. Je peux brosser tes cheveux. Je peux faire n'importe quoi.

— Tu me rends malade, dit Mi.

À une heure, la même nuit, elle frappait à la porte de la chambre de Do, hôtel Victoria. Elle devait avoir beaucoup bu, beaucoup fumé, beaucoup parlé. Elle était triste. Do la déshabilla, lui prêta, à son tour, une veste de pyjama, la coucha dans son lit, la garda dans ses bras jusqu'à la sonnerie du réveil, sans dormir, écoutant son souffle régulier, se disant : « Maintenant, ce n'est plus un rêve, elle est là, elle est à moi, je serai tout imprégnée d'elle en la quittant, je suis elle. »

— C'est nécessaire que tu ailles là-bas ? demanda Mi en ouvrant un œil. Viens te recoucher. Je te mets sur le « registre ».

— Le quoi ?

— Le livre de paye de marraine. Viens te recoucher. Je paierai.

Do était habillée, prête à partir. Elle répondit que c'était idiot et qu'elle n'était pas un jouet qu'on prend, qu'on quitte. La banque lui donnait un salaire qui tombait tous les mois, qui la faisait vivre. Mi se redressa dans son lit, visage frais, reposé, regard bien éveillé, furibonde.

— Tu parles comme quelqu'un que je connais. Si je dis que je paierai, je paierai ! Qu'est-ce qu'elle te donne, ta banque ?

— Soixante-cinq mille par mois.

— Tu es augmentée, dit Mi. Viens te recoucher ou je te saque.

Do enleva son manteau, mit du café à chauffer, regarda par la fenêtre un soleil d'Austerlitz qui n'était pas flamme. Quand elle apporta la tasse vers le lit, elle savait que son exaltation durerait plus qu'une matinée, qu'à présent tout ce qu'elle ferait ou dirait pourrait un jour être utilisé contre elle.

— Tu es un gentil jouet, dit Mi. Il est bon, ton café. Il y a longtemps que tu habites ici ?

— Plusieurs mois.

— Fais tes bagages.

— Mi, il faudrait que tu comprennes. C'est grave, ce que tu me fais faire.

— Ça, je l'ai déjà compris depuis deux jours, figure-toi. Tu crois qu'il y a beaucoup de gens qui m'ont sauvée d'un naufrage ? En plus, je suis sûre que tu ne sais pas nager.

— Non.

— Je t'apprendrai, dit Mi. C'est facile. Tiens, on bouge les bras comme ça, tu vois. Les jambes, c'est plus calé…

Elle riait, elle renversait Do sur le lit, la forçait à plier les bras, puis tout à coup, elle s'arrêta, elle regarda Do sans sourire, elle dit qu'elle savait bien que c'était grave – mais pas tellement.

Les soirs suivants, Do coucha sur le canapé de l'entrée, appartement 14, Résidence Washington, veillant en quelque sorte sur les amours de Mi, qui dormait dans la chambre voisine en compagnie d'un garçon assez vaniteux et déplaisant. C'était celui qu'elle avait vu à la banque. Il se nommait François Roussin, il était secrétaire d'avocat, il ne manquait pas d'une certaine allure. Comme, à peu de chose près, il avait en tête les mêmes résolutions vagues que Do, ils s'étaient tout de suite franchement détestés.

Mi prétendait qu'il était beau et inoffensif. La nuit, Do était trop proche pour ne pas l'entendre gémir dans les bras de l'énergumène. Elle en souffrait comme d'une jalousie, en sachant que c'était un sentiment beaucoup plus simple. Elle fut presque heureuse le soir où Mi lui demanda si sa chambre à l'hôtel Victoria était toujours louée : elle voulait y passer la nuit avec un autre garçon. La chambre était payée jusqu'à fin mars. Mi disparut trois soirs. François Roussin fut très affecté, mais Do n'eut jamais à redouter l'autre garçon, dont elle ne sut rien (sinon qu'il faisait de la course à pied) et qu'on oublia très vite.

Il y avait aussi les soirs où Mi était seule. Les meilleurs. Elle ne pouvait supporter d'être seule. Quelqu'un pour donner les deux cents coups de brosse à cheveux, quelqu'un pour laver son dos, quelqu'un pour éteindre sa cigarette si elle s'endormait, quelqu'un pour écouter son monologue : Do était ça. Elle proposait un dîner en filles, et faisait monter des plats invraisemblables (des œufs brouillés) sous des couvercles en argent. Elle montrait à Mi comment faire des animaux en pliant une serviette, elle lui disait « mon amour » ou « ma ravissante » toutes les trois phrases. Surtout, quand elle posait une main sur sa nuque, sur son épaule, ou elle lui entourait la taille avec le bras : à tout instant, elle gardait avec Mi un contact physique. C'était le plus important, avec ce besoin qu'elle avait de se dorloter avant de dormir, à coups de somnifères, de garçons ou de bla-bla-bla, un besoin qui n'était que l'ancienne peur du noir, quand maman quitte la chambre. Les deux traits de Mi les plus accusés (à un point que Do trouvait pathologique) venaient tout droit de l'enfance.

En mars, Do accompagna Mi – puis Micky, comme tout le monde – partout où elle allait, à l'exception du logement de François Roussin. Cela se résumait à des courses en voiture dans Paris, d'un magasin à un autre, d'une visite à une autre visite, d'une partie de tennis sur un court couvert à des parlotes autour d'une table de restaurant avec des gens sans intérêt. Souvent, Do restait dans la voiture, tournait le bouton de la radio, faisait mentalement le brouillon de la lettre qu'elle écrirait le soir à marraine Midola.

Sa première lettre datait du jour de son « engagement ». Elle y disait qu'elle avait eu le bonheur de retrouver Mi, que tout allait bien, qu'elle espérait qu'il en était de même pour une marraine « qui était un peu la sienne ». Suivaient des nouvelles de Nice, un ou deux coups de griffes soigneusement déguisés à Micky, la promesse de venir donner un baiser au premier voyage en Italie qu'elle ferait.

Après avoir envoyé la lettre, elle avait tout de suite regretté les coups de griffes. C'était trop voyant. Marraine Midola était fine – il fallait qu'elle le fût pour être passée du trottoir niçois aux palais italiens –, elle se méfierait tout de suite. Pas du tout. La réponse arriva quatre jours plus tard, et elle était proprement délirante. Do était une bénédiction. Elle était restée comme sa marraine Midola se souvenait d'elle, douce, raisonnable, affectueuse. Elle devait s'être aperçue, malheureusement, que « leur » Micky avait beaucoup changé. On espérait que cette rencontre merveilleuse aurait une bonne influence, on joignait un chèque.

Do renvoya le chèque dans sa seconde lettre en promettant de faire tout son possible pour « leur » enfant terrible, qui était seulement très exubérante, bien que parfois on pût croire qu'elle manquait de cœur, mille baisers, tendrement vôtre.

Fin mars, Do avait reçu sa cinquième réponse. Elle signait : ta filleule.

En avril elle se découvrit d'un fil. Un soir, devant Micky, à une table de restaurant, elle attaqua François Roussin franchement, à la suite d'un quelconque désaccord sur l'ordonnance du menu de sa « protégée ». L'important n'était pas que Micky dormît mal après un coq au vin mais que François fût un salaud, un obséquieux, un tartufe, même pas supportable en peinture.

Deux soirs plus tard, ce fut plus grave. Le restaurant n'était pas le même, le point de désaccord non plus, mais François était toujours un salaud, et il se rebiffa. Do s'entendit accuser d'entôlage, de chantage aux sentiments, de mœurs de collégiennes. Sur un dernier échange, qui était cru, la main de Micky s'éleva. Do, qui s'attendait à la recevoir, pensa qu'elle avait partie gagnée en la voyant s'abattre sur la figure du salaud.

Elle ne perdait rien pour attendre. De retour à la Résidence, François fit une scène, dit qu'il ne passerait pas la nuit en compagnie d'une innocente et d'une voyeuse. Il partit en claquant la porte. La scène continua entre Do, qui se justifiait en le chargeant davantage, et Micky folle de rage de s'entendre dire certaines vérités. Ce ne fut pas la bataille pour rire du soir des photos. Une pluie de vraies gifles, main droite, main gauche, promena Do à travers la chambre, l'envoya sur le lit, la releva, lui tira les larmes et les prières, la laissa, échevelée, saignant du nez, à genoux contre une porte. Micky la remit debout, la traîna sanglotante vers la salle de bains, et pour un soir, ce fut elle qui fit couler l'eau et sortit les serviettes.

Elles ne se parlèrent pas de trois jours. François revint le lendemain. Il considéra le visage tuméfié de Do d'un œil critique, dit « Eh bien, mon canard, c'est encore plus moche que d'habitude », et il emmena Micky fêter ça. Le lendemain soir, Do reprit sa brosse à cheveux et s'acquitta de son « devoir » sans un mot. Le surlendemain soir, comme le silence s'installait à ses seuls périls, elle s'abattit tête la première sur les genoux de Micky et lui demanda pardon. Elles firent la paix dans les larmes et les baisers humides et Micky sortit de ses armoires une foule de cadeaux humiliants et pitoyables. Elle avait couru les magasins pendant trois jours pour se rassurer.

Un vilain hasard voulut que Do, dans la même semaine, rencontrât Gabriel, qu'elle n'avait pas revu depuis un mois. Elle sortait de chez le coiffeur. Elle portait encore les marques de la crise de nerfs de Micky. Gabriel la fit monter dans sa Dauphine et affecta de s'être accommodé tant bien que mal de la rupture. Il s'inquiétait pour elle, c'était tout. Il s'inquiéterait encore plus de l'avoir vue maquillée de la sorte. Qu'est-ce qu'on lui avait fait ? Do ne vit pas l'intérêt de mentir.

— Elle t'a battue ? Et tu supportes ça ?

— Je ne peux pas t'expliquer. Je suis bien avec elle. J'ai besoin d'elle comme de l'air que je respire. Tu ne comprendrais pas. Les garçons ne comprennent que les garçons.

Gabriel secouait la tête, en effet, mais il devinait vaguement et juste. Do essayait de lui faire croire qu'elle s'était amourachée d'une cousine aux longs cheveux. Il connaissait Do. Do était incapable de s'amouracher de personne. Si elle supportait d'être battue par une gamine hystérique, elle devait avoir en tête une idée stupide, bien carrée, infiniment plus dangereuse.

— Comment vis-tu depuis que tu as quitté la banque ?

— Elle me donne ce que je veux.

— Où ça te mènera ?

— Je n'en sais rien. Elle n'est pas mauvaise, tu sais. Elle m'aime bien. Je me lève à l'heure que je veux, j'ai des robes, je l'accompagne où elle va. Tu ne peux pas comprendre.

Elle le quitta en se demandant si précisément il n'avait pas compris. Mais lui aussi l'aimait bien. Tout le monde l'aimait bien. Personne ne pouvait lire dans ses yeux qu'elle se sentait comme morte depuis le soir où on l'avait frappée, que ce n'était pas cette enfant gâtée dont elle avait besoin mais d'une vie qu'elle avait trop longtemps vécue en rêve et que l'enfant gâtée ne menait même pas. Elle l'aurait menée à sa place. Elle aurait su mieux profiter du luxe, de l'argent facile, de la dépendance et de la lâcheté des autres. Les coups, Micky les paierait un jour, comme elle avait prétendu tout payer. Mais ce n'était pas le plus grave. Elle devrait bien payer aussi les illusions d'une petite employée de banque qui, elle, ne comptait sur personne, ne demandait d'amour à personne, ne croyait pas que le ciel serait plus bleu si on la dorlotait.

Il y avait déjà plusieurs jours que Do pressentait qu'elle tuerait Mi. Sur le trottoir, en quittant Gabriel, elle se dit simplement qu'elle avait une raison de plus. Elle ne supprimerait pas seulement un insecte inutile, indifférent, mais des humiliations, des rancœurs. Elle chercha ses lunettes noires dans son sac à main. D'abord parce que tout le monde, à la vérité, peut lire ces choses-là dans vos yeux. Ensuite parce qu'elle avait un bleu sous une paupière.

En mai, Micky fit un peu trop ce qui lui plaisait. Elle écouta d'une oreille attentive certaines absurdités dont François Roussin était coutumier, elle décida de s'installer dans un hôtel particulier que possédait marraine Midola, rue de Courcelles. La Raffermi n'y avait jamais habité. Micky se lança tête baissée dans les travaux. Comme elle était entêtée mais sans autre crédit que celui de sa tante, les choses se gâtèrent en quarante-huit heures entre Paris et Florence.

Micky obtint l'argent qu'il lui fallait, couvrit ses signatures, commanda les peintres et les meubles, mais on lui enjoignit un chargé d'affaires, François Chance, et on battit le tambour pour rappeler un dragon d'élite, un personnage mythique et absolument forcené, puisqu'il avait des fessées infligées à Micky à son actif.

Le dragon se nommait Jeanne Murneau. Micky en parlait peu et dans des termes si abominables qu'on imaginait sans peine la frayeur qu'elle en avait. Déculotter Micky pour lui taper sur les fesses, même à quatorze ans comme cela s'était produit, c'était déjà un exploit. Mais dire « non » quand Micky, à vingt ans, disait « oui », et lui faire entendre raison, cela tenait de la légende, ce n'était pas vraisemblable.

Ce n'était d'ailleurs pas tout à fait vrai, Do s'en rendit compte dès qu'elle vit le dragon. Elle était grande, dorée, placide. Micky ne la craignait pas, ne la détestait pas, c'était pire. Elle ne pouvait pas supporter sa présence à trois pas. Son adoration était si totale, sa nervosité si franche que Do en eut les sangs retournés. Les employées de banque n'étaient peut-être pas les seules à larmoyer sur leur oreiller. Micky avait visiblement rêvé pendant des années d'une Murneau qui n'existait pas, elle en souffrait à tort et à travers, elle devenait folle quand Jeanne était là. Do, qui n'avait jamais entendu parler du dragon qu'incidemment, fut stupéfaite de son importance.

C'était un soir comme les autres. Micky se changeait pour aller rejoindre François. Do lisait dans un fauteuil : ce fut elle qui alla ouvrir la porte. Jeanne Murneau la regarda comme on regarde un pistolet chargé, enleva son manteau, appela sans élever la voix :

— Micky, tu viens ?

La jeune fille apparut en peignoir de bain, essayant de sourire, comme prise en faute, les lèvres tremblantes. Il y eut un court échange en italien, auquel Do ne comprit pas grand-chose sinon que Micky se laissait décomposer phrase à phrase, comme un tricot effiloché. Elle se balançait d'un pied sur l'autre, méconnaissable.

Jeanne s'approcha d'elle à grandes enjambées, l'embrassa sur la tempe, en la tenant par les coudes, puis la garda devant ses yeux de longues minutes. Ce qu'elle disait ne devait pas être très agréable. La voix était profonde, calme, mais le ton sec comme un martinet. Micky secouait ses longs cheveux et ne répondait pas. Enfin, Do la vit pâlir, arracher ses bras à l'emprise du dragon, s'écarter en refermant son peignoir.

— Ce n'est pas moi qui t'ai demandé de venir !

Tu n'avais qu'à rester où tu étais ! Je n'ai pas changé mais toi non plus. Tu es toujours Murneau l'Emmerdeuse. La différence, maintenant, c'est que j'en ai ma claque.

— Vous êtes Domenica ? demanda Jeanne en faisant brusquement volte-face. Allez donc arrêter ces robinets.

— Tu bouges si je te le dis ! intervint Micky en barrant le passage à Do. Reste où tu es. Si tu l'écoutes une seule fois, tu n'auras jamais fini avec cette femme-là.

Do se retrouva, elle ne savait comment, trois pas en arrière. Jeanne haussa les épaules et alla dans la salle de bains fermer les robinets elle-même. Quand elle revint, Micky avait poussé Do dans un fauteuil et se tenait debout à ses côtés. Ses lèvres continuaient de trembler.

Jeanne s'arrêta sur le seuil, immense fille aux cheveux clairs qui appuyait ses phrases d'un index tendu, qui parlait à toute vitesse pour éviter de se faire couper la parole. Do entendit plusieurs fois prononcer son nom.

— Parle en français, dit Micky. Do ne comprend pas. Tu crèves de jalousie. Elle serait fixée si elle comprenait. Non, mais regarde-toi, tu crèves de jalousie ! Si tu voyais ta tête ! tu es moche, tiens, tout simplement moche.

Jeanne sourit et répondit que Do n'y était pour rien. Si Do voulait sortir de la pièce quelques minutes, cela vaudrait mieux pour tout le monde.

— Do reste où elle est ! dit Micky. Elle comprend très bien. Elle m'écoute. Elle ne t'écoute pas. Je l'aime, elle est à moi. Tiens, regarde.

Micky se penchait, attirait Do vers elle en la tenant par la nuque, l'embrassait sur la bouche, une fois, deux fois, trois fois. Do se laissait faire, sans souffle, statufiée, se disant : « Je la tuerai, je trouverai un moyen de la tuer, mais qui est donc cette Italienne pour la pousser à ces singeries ? » Les lèvres de Micky étaient douces et tremblantes.

— Quand tu auras fini tes simagrées, dit Jeanne Murneau d'une voix calme, va t'habiller et fais ta valise. La Raffermi veut te voir.

Micky se redressa, des trois la plus mal à l'aise, chercha des yeux une valise, parce qu'il y en avait une dans la pièce. Elle l'avait vue, tout à l'heure. Où était-elle passée ? La valise se trouvait sur le tapis, derrière elle, ouverte, vide. Elle la prit à deux mains et l'envoya sur Jeanne Murneau, qui l'évita.

Micky fit deux pas en criant quelque chose, en italien, une insulte probablement, saisit un vase sur la cheminée, haut de trois mains, bleu, joli et le jeta également à la tête de la grande fille dorée. Celle-ci évitait tout sans bouger d'un pouce. Le vase se fracassa contre un mur. Jeanne contourna la table, vint vers Micky à grandes enjambées, la prit par le menton d'une main et la gifla de l'autre.

Ensuite, elle reprit son manteau, dit qu'elle coucherait rue de Courcelles, qu'elle partirait le lendemain à midi, qu'elle avait un billet d'avion pour Micky. Sur la porte, elle ajouta que la Raffermi allait mourir. Micky n'avait pas plus de dix jours pour la voir. Quand elle fut partie, Micky tomba dans un fauteuil et fondit en larmes.

Do sonna rue de Courcelles au moment où Mi et François devaient entrer au théâtre. Jeanne Murneau ne fut pas autrement surprise de la voir. Elle prit son manteau, le suspendit à une poignée de porte. La maison était encombrée d'échelles, de pots de peinture, de papiers arrachés.

— Elle a quand même du goût, dit Murneau. Ce sera très joli. La peinture me donne la migraine, pas vous ? Venez au premier, c'est plus habitable.

En haut, dans la chambre qu'on avait commencé d'installer, elles s'assirent côte à côte sur le bord d'un lit.

— Vous parlez ou je parle ? demanda Jeanne.

— Parlez.

— J'ai trente-cinq ans. On m'a mis cette peste entre les mains il y a sept ans. Je ne suis pas fière de ce qu'elle est devenue, mais je n'étais pas plus fière de la recevoir. Vous êtes née le 4 juillet 1939. Vous avez été employée de banque. Le 18 février de cette année, vous avez regardé Micky de vos grands yeux doux, à la suite de quoi vous avez changé de profession. Vous êtes devenue une sorte de poupée qui reçoit sans broncher les taloches et les embrassades, vous avez facilement l'air gentil, vous êtes plus jolie que je ne le croyais, mais pas moins embêtante. Vous avez une idée derrière la tête et d'ordinaire les poupées n'en ont pas.

— Je ne comprends pas ce que vous dites.

— Alors, laissez-moi continuer. Vous avez une idée derrière la tête depuis mille ans. Ce n'est d'ailleurs pas une idée mais quelque chose de vague, d'imprécis, comme une démangeaison. Beaucoup d'autres ont éprouvé ça avant vous, moi en particulier, mais vous êtes de loin la plus stupide et la plus décidée. Je voudrais que vous me compreniez tout de suite : ce n'est pas l'idée qui m'inquiète, mais que vous la portiez comme un drapeau. Vous avez accumulé assez de bêtises, déjà, pour que vingt personnes s'agitent. Quand ces personnes sont aussi bornées que François Roussin, vous avouerez que c'est grave. La Raffermi est ce qu'on veut, mais elle a la tête froide. Quant à prendre Micky pour une imbécile, c'est de la démence. Vous ne faites pas le poids et vous m'embêtez.

— Je ne comprends toujours pas, dit Do.

Elle avait la gorge sèche et se disait : « C'est cette odeur de peinture. » Elle voulut se lever, mais la grande fille aux cheveux dorés la retint calmement sur le lit.

— J'ai lu vos lettres à la Raffermi.

— Elle vous les a montrées ?

— Vous vivez dans un rêve. Je les ai vues, c'est tout. Et le rapport agrafé avec. Brune, 1,68 m, née à Nice, un père comptable, une mère femme de ménage, deux amants, un à dix-huit ans, pendant trois mois, un à vingt jusqu'à l'arrivée de Micky, soixante-cinq mille francs par mois, moins les charges sociales, signe particulier : stupide.

Do se dégagea et fila vers la porte. Au rez-de-chaussée, elle ne trouvait plus son manteau. Jeanne Murneau reparut dans une pièce, le lui tendit.

— Ne faites pas l'enfant. J'ai besoin de vous parler. Vous n'avez certainement pas dîné. Venez avec moi.

Dans le taxi, Jeanne Murneau donna l'adresse d'un restaurant près des Champs-Élysées. Quand elles prirent place de chaque côté d'une lampe, face à face, Do remarqua qu'elle avait un peu les mêmes mouvements que Micky, mais comme caricaturés parce qu'elle était beaucoup plus grande. Jeanne surprit son regard et déclara d'une voix agacée, comme s'il était trop facile de lire dans ses yeux :

— C'est elle l'imitatrice, pas moi. Qu'est-ce que vous voulez manger ?

Tout au long du repas, elle tint la tête un peu penchée de côté, comme Micky, un coude sur la table. En parlant, elle dépliait souvent une main fine et immense, elle tendait l'index pour faire la leçon. C'était aussi, plus accusé, un geste de Micky.

— C'est à toi de parler, tu sais.

— Je n'ai rien à vous dire.

— Pourquoi es-tu venue me trouver alors ?

— Pour vous expliquer. Ça n'a plus d'importance, maintenant. Vous vous méfiez de moi.

— M'expliquer quoi ? dit Jeanne.

— Que Micky vous aime beaucoup, qu'elle a pleuré après votre départ, que vous êtes trop dure avec elle.

— Vraiment ? Je veux dire : vraiment c'est pour me dire ça que tu es venue ? Tu vois, quelque chose m'échappait avant de te voir, maintenant, je commence à comprendre. Tu es une effroyable prétentieuse. Prendre les gens pour des minus, à ce point, ce n'est pas permis.

— Je ne comprends toujours pas ce que vous dites.

— Mémé Raffermi, elle, a compris, tu peux me croire, petite idiote ! Et Micky est cent fois plus astucieuse que tu l'es ! Si tu ne comprends pas, je vais te faire comprendre. Tu mises sur une Micky que tu imagines, pas sur la vraie. Pour l'instant, c'est le coup de foudre, ça l'aveugle un peu. Mais au train où tu vas, tu dureras encore moins longtemps que ses autres toquades. Il y a pire : la Raffermi, en recevant tes lettres, n'a pas bougé. Quand on les lit, ces lettres, il y a de quoi faire dresser les cheveux sur la tête. Et je présume qu'elle te répond gentiment. Ça ne t'a pas paru drôle, non ?

— Mes lettres, mes lettres ! Qu'est-ce qu'elles ont mes lettres ?

— Elles ont un défaut : elles ne parlent que de toi. « Comme je voudrais être Micky, comme vous m'apprécieriez si j'étais à sa place, comme je saurais profiter de la vie que vous lui offrez ! » Ce n'est pas ça ?

Do prit sa tête dans ses mains.

— Il y a certaines choses qu'il faut que tu saches, continua Jeanne Murneau. Ta meilleure chance, c'est de plaire à Micky, pour mille raisons que tu ne comprends pas. Et d'être là au bon moment. Ensuite, tu ne pourras jamais détacher Micky de la Raffermi. Tu ne comprends pas non plus, mais c'est comme ça. Pas la peine de t'agiter. Enfin, la Raffermi a eu trois attaques en quarante-cinq jours. Dans une semaine, dans un mois, elle sera morte. Tes lettres sont inutiles et dangereuses. Il restera Micky et c'est tout.

Jeanne Murneau, qui n'avait rien mangé, repoussa son assiette, prit une cigarette italienne dans un paquet posé sur la table, puis ajouta :

— Et moi, évidemment.

Elles revinrent à pied vers la Résidence. Elles ne parlaient pas. La grande fille dorée lui tenait le bras. Quand elles arrivèrent au coin de la rue Lord-Byron, Do l'arrêta et dit très vite :

— Je vous accompagne, je n'ai pas envie de rentrer.

Elles montèrent dans un taxi. Rue de Courcelles, l'odeur de peinture semblait plus forte. En entrant dans une pièce, Jeanne Murneau fit écarter Do qui allait passer sous une échelle. Elle la prit par les épaules, dans le noir, et la tint droite, devant elle, en la soulevant même un peu sur la pointe des pieds, comme pour l'amener à sa hauteur.

— Tu vas rester tranquille. Plus de lettres, plus de disputes avec personne, plus d'idioties. Dans quelques jours, vous viendrez vous installer ici, toutes les deux. La Raffermi sera morte. Je demanderai à Micky de venir à Florence. Je le lui demanderai de telle manière qu'elle ne viendra pas. Pour François, tu attendras que je te fournisse un bon argument. À ce moment-là, pas la peine de fignoler, écarte François et emmène Micky loin de lui. L'argument sera sans défaut. Je te dirai où tu devras l'emmener. Tu as compris cette fois ? Tu m'écoutes ?

Dans le trait de lune qui tombait d'une fenêtre, Do fit oui de la tête. Les grandes mains de la fille aux yeux dorés tenaient toujours ses épaules. Do n'essayait plus de s'écarter.

— Tout ce que tu dois faire, c'est rester tranquille. Ne prends pas Micky pour une idiote. Je l'ai fait avant toi et j'ai eu tort. Je l'ai tenue un soir, comme tu es là, rien ne m'a jamais si mal réussi. Elle avait seize ans, presque l'âge que j'avais quand la Raffermi m'a prise avec elle, presque l'âge que tu as. Je ne te connais que par tes lettres qui sont idiotes, mais je les aurais écrites moi aussi, autrefois. Quand on m'a collé Micky dans les bras, je l'aurais noyée volontiers. Je n'ai pas changé de sentiment depuis. Mais je ne la noierai pas. J'ai un autre moyen de me débarrasser d'elle : toi. Une petite idiote qui tremble mais qui fera ce que je lui dis, parce qu'elle aussi tient à se débarrasser d'elle.

— Laissez-moi, je vous en prie.

— Écoute-moi. Avant Micky, il y avait une autre gamine, comme elle, chez la Raffermi. Quelques centimètres de plus, et dix-huit ans, c'était moi. Je badigeonnais des talons de chaussures, avec un petit pinceau, à Florence. Et puis, tout ce que j'enviais m'a été donné. Et puis, on me l'a repris. Micky était là. Je voudrais que tu réfléchisses à ça et que tu restes tranquille. Tout ce que tu éprouves, je l'ai éprouvé. Mais moi, j'ai appris certaines choses depuis. Veux-tu réfléchir à ça ? Tu peux t'en aller, maintenant.

Do fut entraînée vers le vestibule de l'entrée, dans le noir. Elle buta du pied contre un pot de peinture. Une porte s'ouvrit devant elle. Elle se retourna, mais la grande fille la poussa dehors, sans un mot et referma.

Le lendemain à midi, quand Do appela Jeanne au téléphone, d'un café des Champs-Élysées, elle était partie. La sonnerie devait se répercuter d'une pièce à l'autre, dans une maison vide.

J'AI ASSASSINÉ

Ma main gantée de blanc lui ferma la bouche. Elle l'écarta doucement et se leva, longue silhouette sur le rectangle de lumière de la pièce voisine. Un soir, nous avions déjà été ainsi, dans la pénombre, elle et moi. Elle me tenait par les épaules. Elle m'avait proposé d'assassiner une princesse aux longs cheveux.

— Comment sais-tu tout cela ? Il y a des choses que tu ne peux pas savoir : le soir où elle a dormi chez moi, le soir où j'ai traîné sous ses fenêtres. Et puis la rencontre avec ce garçon, Gabriel…

— Tu penses bien que tu me l'as raconté ! dit Jeanne. En juin, nous sommes restées deux semaines ensemble.

— Tu n'as pas revu Micky après la querelle de la Résidence ?

— Non. Cela m'était égal. Je ne tenais pas du tout à la ramener en Italie. Le lendemain matin, j'ai vu François Chance pour régler la question des travaux, et j'ai pris l'avion que je devais prendre. En rentrant à Florence, j'ai eu mon lot d'embêtements. La Raffermi était folle de rage. Je ne jurerais pas que Micky ne lui avait pas téléphoné après m'avoir vue. Tu as toujours pensé que non. En tout cas, ça n'avait rien arrangé, au contraire. La Raffermi n'a pas décoléré jusqu'à la fin.

— Quand est-elle morte ?

— Une semaine après.

— Et tu ne m'as rien dit d'autre avant de partir ?

— Non. Je n'avais rien à te dire d'autre. Tu savais très bien ce que je voulais dire. Bien avant de me connaître, tu ne pensais qu'à ça.

Tout à coup, la pièce s'éclaira. Elle avait allumé une lampe. Je me cachai les yeux de ma main gantée.

— Éteins, je t'en prie !

— Tu permets que je m'occupe de toi, oui ? Tu sais l'heure qu'il est ? Tu es morte de fatigue. Je t'ai apporté des gants. Enlève ceux que tu as.

Pendant qu'elle était penchée sur mes mains, blonde, longue, attentive, tout ce qu'elle m'avait raconté m'apparut à nouveau comme un mauvais rêve. Elle était bonne et généreuse, j'étais incapable d'avoir préparé la mort de Micky – rien n'était vrai.

C'était bientôt l'aube. Elle me prit dans ses bras et me porta jusqu'à l'étage. Dans le couloir, comme elle s'approchait de la chambre de l'ancienne Domenica, je ne pus que secouer la tête contre sa joue. Elle comprit et me déposa sur son propre lit, dans la chambre qu'elle avait habitée pendant que j'étais à la clinique. Un instant plus tard, après m'avoir ôté ma robe de chambre et donné à boire, elle se penchait sur moi qui frissonnais sous les draps et les couvertures, elle me bordait, contemplait mon visage avec des yeux fatigués, muette.

En bas, je ne savais plus à quel moment de son récit, je lui avais dit que je voulais mourir. Maintenant, en sentant le sommeil m'engourdir, j'étais prise d'une peur ridicule.

— Qu'est-ce que tu m'as donné à boire ?

— De l'eau. Avec deux cachets de somnifère.

Elle dut lire dans mon regard, comme toujours, ce que j'avais en tête, car elle cacha mes yeux de sa main. Je l'entendis qui disait : « Tu es folle, folle, folle, folle », et sa voix s'éloignait rapidement, je ne sentais plus sa main sur mon visage, puis tout à coup, un soldat américain qui portait son calot de travers me tendit en souriant une barre de chocolat, la maîtresse d'école s'avança vers moi avec une règle pour taper sur mes doigts, et je m'endormis.

Au matin, je restai au lit, Jeanne allongée tout habillée sur la couverture, près de moi, et nous décidâmes d'habiter désormais rue de Courcelles. Elle me fit le récit du meurtre et moi celui de mes recherches de la veille. Il m'apparaissait à présent tout à fait incroyable que François n'eût pas décelé la substitution.

— Ce n'est pas si simple, dit Jeanne. Tu n'es

plus, physiquement, ni toi ni Micky. Je ne parle pas seulement de ton visage, mais de l'impression que tu donnes. Tu ne marches pas comme elle, mais pas comme tu marchais avant non plus. Et puis, tu as vécu plusieurs mois avec elle. Les dernières semaines, tu l'as tellement observée pour pouvoir l'imiter, que je le sens dans tous les gestes. Quand tu riais, le premier soir, je ne savais plus si c'était elle ou si c'était toi. Le pire, c'est que je ne savais plus comment elle était, comment tu étais, je n'arrivais plus à me raisonner. Tu ne peux pas savoir les idées que je me suis faites. Quand je t'ai baignée, je me croyais reportée quatre ans en arrière, parce que tu es plus maigre que Micky et qu'elle a été un peu comme ça. En même temps, je me disais que c'était impossible. Vous aviez la même taille mais vous ne vous ressembliez pas du tout. Je ne pouvais pas me tromper à ce point. J'avais peur que tu me joues la comédie.

— Pourquoi ?

— Est-ce que je sais ! Pour m'écarter, pour être seule. Ce qui me rendait folle, c'est que *je ne pouvais pas te parler avant que tu saches*. C'est moi qui devais jouer la comédie. À m'adresser à toi comme si tu étais vraiment elle, je me perdais. Je me suis rendu compte d'une chose terrible, dans ces quatre jours, mais qui nous facilitera les choses : sitôt que j'ai entendu ta voix, j'ai été incapable de me rappeler celle de Micky ; sitôt que j'ai vu ton grain de peau, Micky l'avait toujours eu, ou tu l'avais toujours eu – je ne savais plus. On ne se rappelle pas, tu comprends ? Brusquement, tu faisais un geste, et je revoyais Micky. Je pensais tellement à ce geste que j'arrivais à me persuader que je confondais. La vérité, c'est que tu faisais vraiment un geste de Micky, entre deux gestes à toi, parce que tu as passé des semaines à te dire : un jour, j'aurais à le faire exactement comme ça.

— Est-ce que cela suffisait pour tromper François ? Ce n'est pas possible. Je suis restée une demi-journée avec lui. D'abord, il ne m'a pas reconnue, mais, dans la soirée, nous étions sur un divan, il m'a embrassée, tripotée pendant plus d'une heure.

— Tu étais Mi. Il parlait de Mi. Il croyait tenir Mi. Et puis, c'est un rapace. Il n'a jamais fait attention à elle, il couchait avec un héritage. Tu ne le reverras plus, c'est tout. Je me fais beaucoup plus de souci pour ta visite à François Chance.

— Il ne s'est aperçu de rien.

— Je ne lui laisserai plus l'occasion de s'apercevoir de quoi que ce soit. Maintenant, nous allons travailler pour de vrai.

Elle disait qu'à notre retour à Florence, les risques seraient beaucoup plus grands. On y connaissait Mi depuis des années. À Nice, il n'y avait que le père de Mi pour nous inquiéter. Je me rendis compte, brusquement, que je devais voir cet homme dont j'avais tué la fille, me jeter dans ses bras comme elle l'aurait fait. À Nice aussi, mon père, ma mère pleuraient encore une fille disparue ; ils souhaiteraient sans doute me voir pour que je leur parle d'elle, ils me regarderaient avec effroi – ils me reconnaîtraient !

— Ne dis pas de bêtises ! s'écria Jeanne en me prenant par les avant-bras. Tu n'auras pas à les voir ! Le père de Micky, il le faudra bien. Si tu pleures un peu, on mettra ça sur le compte de l'émotion. Mais tes parents, il vaut mieux, dès à présent, que tu n'y penses jamais. Est-ce que seulement tu te souviens d'eux ?

— Non. Mais quand je me souviendrai ?

— Tu seras quelqu'un d'autre à ce moment-là. Tu es quelqu'un d'autre. Tu es Micky. Michèle, Marthe, Sandra, Isola, née le 14 novembre 1939. Tu as rajeuni de cinq mois, perdu tes empreintes digitales et grandi d'un centimètre. C'est fini.

Ce n'était que le commencement d'une autre angoisse. À midi, elle alla prendre nos affaires à la maison de Neuilly et les rapporta, des vêtements jetés en vrac sur nos valises. Je descendis en robe de chambre dans le jardin pour l'aider à les rentrer. Elle me renvoya en me disant que j'allais « attraper la mort ».

Tout ce que nous disions, elle ou moi, me ramenait sans cesse à cette nuit du Cap Cadet qu'elle m'avait racontée. Je ne voulais pas y penser, je me refusais à l'idée de voir des films qu'elle avait pris avec Micky, en vacances, et qui pourraient m'aider à lui ressembler. Mais le moindre mot prenait un double sens et faisait surgir dans mon esprit des images plus insupportables que tous les films.

Elle m'habilla, me fit déjeuner, regretta de

devoir me laisser seule deux heures, pour aller chez François Chance réparer mes bêtises de la veille.

Je traînai un après-midi d'un fauteuil à un autre. Je me regardais dans les miroirs. J'ôtais mes gants pour voir mes mains. J'observais avec un abattement terrifié ce quelqu'un qui s'installait en moi et qui n'était rien, des mots, des idées confuses.

Plus que le crime que j'avais commis, c'était cette sensation de subir une emprise qui m'angoissait. J'étais un jouet vide, une marionnette dans les mains de trois inconnues. Laquelle tirait les fils le plus durement ? La petite employée de banque envieuse, patiente comme une araignée ? La princesse morte qui finirait bien un jour par me regarder de nouveau en face dans mon miroir, puisque c'était elle que je voulais devenir ? Ou la grande fille aux cheveux dorés qui m'avait guidée vers le meurtre pendant des semaines, sans me voir ?

Marraine Midola morte, me disait Jeanne, Micky ne voulait pas entendre parler d'un voyage à Florence. L'enterrement avait eu lieu sans elle, et l'on ne s'était même pas donné la peine de fournir une explication aux familiers de la Raffermi.

Le soir où elle apprit le décès, Micky décida de sortir avec François et quelques amis. Je l'accompagnai. Micky s'enivra, fit du tapage dans une « boîte » de l'Étoile, insulta les agents qui nous vidaient, voulut ramener dans sa chambre un autre garçon que François. Elle s'entêta et François dut rentrer chez lui.

En définitive, une heure après son départ, le garçon fut mis à son tour à la porte, et c'est moi qui dus la dorloter une partie de la nuit. Elle pleurait, me parlait de sa mère morte et de son enfance, disait que Jeanne était perdue pour elle à jamais, elle ne voulait plus entendre parler d'elle ni de personne, un jour je verrais moi aussi « ce que ça fait ». Somnifère.

Pendant plusieurs jours, beaucoup de monde voulut la voir. On la plaignait. On l'invitait partout. Elle se montrait sage et portait dignement les milliards que la Raffermi lui avait laissés. Elle s'installa rue de Courcelles dès que ce fut habitable, avant même la fin des travaux.

Je reçus, un après-midi que j'étais seule dans notre nouvelle maison, un télégramme de Jeanne. Il ne portait rien d'autre que son nom et un numéro de téléphone de Florence. J'appelai aussitôt. Elle répondit d'abord que j'étais idiote d'appeler de chez Micky, ensuite qu'il était temps d'écarter François. Comme si le soupçon m'était venu spontanément, je devais demander à Micky de vérifier les devis de la rue de Courcelles et voir quelle sorte d'arrangements son amant avait conclus avec les fournisseurs. Elle me demanda de la rappeler au même numéro, à la même heure, une semaine plus tard. Mieux vaudrait, cette fois, téléphoner d'un bureau de poste.

Micky fit son enquête le lendemain, vit les fournisseurs et, comme elle le pensait, ne découvrit rien d'anormal dans les comptes. Je me demandais ce que Jeanne avait en tête. Il était évident que François visait bien davantage qu'une commission sur des peintures ou des meubles, l'idée de tromper Micky aussi grossièrement ne lui serait pas venue.

Je compris qu'il n'était pas question de cela, en assistant à la scène que dut subir François lorsque nous rentrâmes. Il s'était personnellement occupé de tout. Un double des devis et des factures avait été envoyé à Florence avant même que Micky eût parlé de ses projets. François se défendit comme il put : il travaillait chez Chance, il était normal qu'il entretînt une correspondance avec la Raffermi. Micky le traita de lèche-bottes, de mouchard, de coureur de dot et le mit à la porte.

Elle l'aurait certainement revu le lendemain, mais je savais maintenant ce que voulait Jeanne, je n'eus qu'à profiter de l'élan qu'elle m'avait donné. Micky alla chez Chance, qui n'était au courant de rien. Elle appela un secrétaire de la Raffermi à Florence, apprit que François, dans l'espoir d'entrer en grâce, tenait marraine Midola au courant de tout. Le plus comique, c'était que lui aussi renvoyait les chèques qu'on lui offrait.

Je téléphonai à Jeanne comme il était entendu. Mai finissait. Il faisait très beau à Paris, encore plus dans le Midi. Elle me dit de câliner Micky comme je savais le faire et de la convaincre de m'y emmener. La Raffermi avait une villa au bord de la mer. L'endroit s'appelait Cap Cadet. C'est là que nous nous retrouverions lorsque le moment serait venu.

— Le moment de quoi faire ?

— Raccroche, dit Jeanne. Je ferai ce qu'il faut pour t'aider à la décider. Contente-toi d'être gentille, et laisse-moi réfléchir pour deux. Rappelle-moi dans une semaine. J'espère que vous serez sur le départ.

— On n'a pas ouvert le testament ? Est-ce qu'il y a des ennuis ? Je peux bien savoir…

— Raccroche, dit Jeanne. Tu m'embêtes.

Dix jours plus tard, début juin, nous étions, Micky et moi, au Cap Cadet. Nous voyageâmes toute une nuit dans sa petite voiture bourrée de valises. Au matin, une femme du pays nommée Yvette, qui connaissait « Murneau », nous ouvrit la villa.

C'était vaste, ensoleillé, parfumé de l'odeur des pins. Nous descendîmes prendre un bain sur une plage de galets déserte, au pied du promontoire que dominait la maison. Micky commença de m'apprendre à nager. Nous tombâmes sur un lit, en maillots de bain mouillés et nous dormîmes l'une près de l'autre jusqu'au soir.

Je me réveillai la première. Je regardai longtemps Micky dormir contre moi, j'imaginai je ne sais quels rêves derrière ses longs cils rabattus, je touchai, en l'écartant des miennes, une jambe qui était tiède et vivante. Je me fis horreur. Je pris la voiture et j'allai à La Ciotat, la ville la plus proche, téléphoner à Jeanne que je me faisais horreur.

— Alors, retourne d'où tu viens. Trouve une

autre banque. Va laver le linge, comme ta mère. Fiche-moi la paix.

— Si vous étiez là, ce ne serait pas pareil. Pourquoi ne venez-vous pas ?

— D'où téléphones-tu ?

— De la poste.

— Alors, écoute-moi bien. Je t'envoie un télégramme au nom de Micky, *Café de la Désirade*, à La Ciotat. C'est le dernier au bout de la plage, avant de tourner à gauche pour revenir au Cap Cadet. Préviens en passant que tu l'attends et passe le prendre demain matin. Rappelle-moi ensuite. Maintenant raccroche.

Je m'arrêtai au café, commandai un Coca-Cola, priai le patron de garder le courrier qu'il recevrait au nom d'Isola. Il me demanda si c'était les affaires ou l'amour. Puisque c'était l'amour, il voulait bien.

Ce soir-là, Micky fut triste. Après le dîner que nous servit Mme Yvette, nous raccompagnâmes celle-ci aux Lecques, où elle vivait, son vélo accroché à l'arrière de la MG. Puis Micky décida de continuer vers des lieux plus civilisés, me conduisit à Bandol, dansa jusqu'à deux heures du matin, trouva les garçons du Midi ennuyeux, et nous rentrâmes. Elle choisit sa chambre, choisit la mienne, m'embrassa sur une joue avec des lèvres ensommeillées et me quitta en me disant qu'« on n'allait certainement pas moisir dans ce coin ». J'avais envie de connaître l'Italie, elle m'avait promis de m'y emmener, elle allait me faire voir la baie de Naples, Castellamare, Sorrente, Amalfi. C'était chouette. Bonne nuit, poussinoche.

En fin de matinée, je passai au *Café de la Désirade*. Le télégramme de Jeanne était incompréhensible : « Clarisse joint. Tendresses. » J'appelai à nouveau Florence de la poste de La Ciotat.

— Elle ne se plaît pas ici. Elle veut m'emmener en Italie.

— Elle ne doit plus avoir beaucoup d'argent, dit Jeanne. Elle ne connaît personne, elle ne va pas tarder à me faire signe. Je ne peux pas venir avant, elle ne le supporterait pas. Tu as reçu ce que je t'ai envoyé ?

— Oui, mais je ne comprends pas.

— Je n'espérais pas que tu comprennes. Je parle du premier étage, la première porte à droite. Je te conseille d'y faire un tour et de réfléchir. Réfléchir vaut toujours mieux que de parler, surtout au téléphone. Dévisser, mouiller chaque jour, c'est tout ce que tu as à faire. Raccroche et réfléchis. Bien sûr, il n'est pas question que vous veniez en Italie.

Je percevais des grésillements dans l'écouteur, un concert assourdi de voix qui, de La Ciotat à Florence, se relayaient de central en central. Évidemment, il suffisait d'une oreille, mais qu'aurait-elle entendu de si troublant ?

— Je dois vous rappeler ?

— Dans une semaine. Sois prudente.

J'entrai dans la salle de bains attenante à ma chambre en fin d'après-midi, alors que Micky était allongée sur la plage. « Clarisse » était la marque du chauffe-eau. Le tuyau devait être installé depuis peu, il n'était pas peint. Il courait tout autour de la pièce, en haut des murs. Je trouvai le joint à la sortie d'un coude. Pour l'avoir, je dus aller chercher une clef anglaise dans le garage. Je pris celle qui se trouvait dans la sacoche à outils de la voiture. Mme Yvette frottait le carrelage du rez-de-chaussée. Elle était bavarde et me fit perdre quelques minutes. Revenue dans la salle de bains, j'avais peur de voir subitement entrer Micky, je sursautais chaque fois que Mme Yvette, au-dessous de moi, déplaçait une chaise.

Je dévissai néanmoins l'écrou de raccord et sortis le joint. C'était une lamelle épaisse d'une matière qui ressemblait à du carton bouilli. Je la remis en place, vissai l'écrou comme je l'avais trouvé, rouvris le gaz, rallumai la veilleuse du chauffe-eau que j'avais éteinte.

Je vis apparaître Micky en haut du chemin qui conduisait à la plage, au moment où je replaçais la clef dans la sacoche à outils.

Le plan de Jeanne ne m'apparaissait qu'à moitié. Mouiller le joint, chaque jour, je voyais bien que c'était pour le désagréger lentement, presque naturellement. On attribuerait cette humidité à la buée que dégageaient les bains que nous prenions. Je résolus d'ailleurs de multiplier ces bains afin de laisser des traces sur la peinture du plafond et des murs. Mais où cela nous mènerait-il ? Si Jeanne voulait que je détraque un conduit de gaz, cela signifiait qu'elle pensait déclencher un incendie. Le gaz s'échappant par le tuyau, la veilleuse allumée provoquerait une explosion – mais jamais assez de gaz ne s'échapperait du tuyau, l'écrou à lui seul le contiendrait.

Si même le plan de Jeanne était mieux conçu que celui-là, que l'incendie fût possible, que pouvait-il nous rapporter ? Micky supprimée, je me trouverais du même coup écartée de la vie que je menais, je reviendrais à mon point de départ. Pendant une semaine, je fis ce que Jeanne m'avait demandé, sans avoir le courage de comprendre. Je plongeais le joint dans l'eau, je le désagrégeais peu à peu avec les doigts, je sentais ma résolution se désagréger avec lui.

— Je ne vois pas où vous voulez en venir, dis-je à Jeanne au téléphone. Alors, écoutez-moi : ou vous nous rejoignez maintenant, ou je laisse tout tomber.

— Tu as fait ce que j'ai dit ?

— Oui, mais je veux savoir la suite. Je ne vois pas l'intérêt que vous allez trouver dans cette histoire, et surtout je sais bien que je n'en ai aucun.

— Ne dis pas de bêtises. Comment va Micky ?

— Bien. Elle se baigne, on joue aux boules dans la piscine. On n'a pas pu la remplir. On ne sait pas comment ça marche. On fait des balades.

— Les garçons ?

— Pas un seul. Je lui tiens la main pour l'endormir. Elle dit que de toute manière, l'amour c'est fini pour elle. Quand elle a un peu bu, elle parle de vous.

— Tu sais parler comme Micky ?

Je ne compris pas la question.

— C'est ça, l'intérêt que tu as à continuer, ma chérie. Tu comprends ? Non ? Ça ne fait rien. Alors, vas-y, parle-moi comme Micky, imite-la, que je puisse l'entendre un peu.

— *Tu crois que c'est une vie ? D'abord, Jeanne est une détraquée. Tu sais de quel signe elle est ? Du Taureau. Méfie-toi du Taureau, poussinoche, c'est des peaux de vache. Tout dans la tête, rien dans le cœur. De quel signe tu es, toi ? Cancer, c'est pas mal. Tu as des yeux de Cancer. J'ai connu quelqu'un une fois, il avait des yeux comme ça, regarde, tout grands, tout grands. C'était drôle, tu sais. Jeanne, je la plains, c'est une pauvre fille. Elle a dix centimètres de trop pour se laisser aller. Tu sais ce qu'elle s'imagine ?*

— Ça suffit, dit Jeanne. Je ne veux pas le savoir.

— C'est intéressant pourtant, mais c'est vrai que c'est difficile de le dire au téléphone. Alors, c'est concluant ?

— Non. Tu répètes, tu n'inventes pas. Si tu devais inventer ? Réfléchis à ça. Je vous rejoindrai dans huit jours, sitôt qu'elle m'aura fait signe.

— Vous feriez bien de venir avec de bons arguments. À force de m'entendre dire « réfléchis », je réfléchis.

Dans la voiture, le soir, en allant à Bandol où elle voulait dîner, Micky me dit qu'elle avait rencontré dans l'après-midi un drôle de garçon. Un drôle de garçon avec de drôles d'idées. Elle me regarda et ajouta qu'elle allait se plaire, en définitive, dans ce pays.

Elle ne me tenait pas au courant de ses embarras

financiers. Quand j'avais besoin d'argent, je lui en demandais. Le lendemain, sans me dire pourquoi, elle arrêta la voiture devant la poste de La Ciotat. Nous entrâmes ensemble, moi plus morte que vive de me trouver avec elle en cet endroit. Une préposée me demanda même :

— C'est pour Florence ?

Heureusement, Micky ne fit pas attention ou crut que c'était à elle qu'on s'adressait. Elle voulait, en effet, envoyer un télégramme à Florence. Elle s'amusa beaucoup à le rédiger. Elle me le fit lire, et j'y lus qu'elle demandait de l'argent, que Jeanne allait bientôt venir. C'était le fameux télégramme des « yeux, mains, bouche, sois gentille ».

Jeanne arriva trois jours plus tard, le 17 juin, dans sa Fiat blanche, un foulard sur ses cheveux blonds. La nuit tombait. Il y avait beaucoup de monde à la villa, des garçons et des filles que Micky avait rencontrés sur une plage des environs et qu'elle avait ramenés. Je courus vers Jeanne qui rangeait sa voiture. Elle se contenta de me tendre une de ses valises et m'entraîna vers la maison.

Son arrivée fut d'abord un signal de silence, puis de débandade. Dans le jardin, sans lui avoir adressé la parole, Micky fit des adieux tragiques, supplia tout le monde de revenir en des temps meilleurs. Elle était ivre et surexcitée. Jeanne, qui me semblait plus jeune en robe légère, était déjà en train de remettre les pièces en ordre.

Micky revint, se laissa tomber dans un fauteuil avec un verre, me demanda d'arrêter de jouer les femmes de ménage (j'aidais Jeanne), et me rappela ce qu'elle m'avait dit un jour : si j'écoutais une seule fois cette grande bringue, je n'aurais jamais fini.

Elle dit ensuite à Jeanne :

— C'est un chèque que j'ai demandé, pas toi. Donne le chèque, dors ici si tu veux, mais que je nc tc voie plus demain.

Jeanne vint vers elle, la regarda longuement, puis se baissa, la prit dans ses bras et la porta sous la douche. Plus tard, elle me retrouva assise au bord de la piscine, me dit que Micky était tranquille, que nous allions faire un tour.

Je montai dans sa voiture et nous nous arrêtâmes dans une pinède entre le Cap Cadet et Les Lecques.

— Le 4 juillet, c'est ton anniversaire, me dit Jeanne. Vous dînerez dehors et vous ferez une petite fête ensemble, cela paraîtra naturel après coup. C'est cette nuit-là que ça se passera. Où en est-il le joint ?

— Il est tout spongieux comme du papier mâché. Mais votre plan est idiot : l'écrou ne laisse pas passer le gaz.

— L'écrou qui se trouvera sur le tuyau ce soir-là le laissera passer, imbécile ! J'en ai un autre, d'écrou. Le même, ramassé chez le même plombier. Il est brisé, celui-là, et parfaitement oxydé sur la cassure. Tu vas m'écouter, oui ? L'incendie, l'enquête, les expertises, il n'y a aucun problème de ce côté-là. L'installation a été faite cette année, on retrouvera un écrou défectueux, rouillé depuis le temps qu'il faut. La maison est assurée pour une misère : c'est moi qui m'en suis chargée et ce n'est pas pour rien que je l'ai choisie. Même les assurances laisseront tomber. Le problème, c'est toi.

— Moi ?

— Comment pourras-tu prendre sa place ?

— Je pensais que vous aviez aussi un plan pour ça. Enfin, un autre plan que celui que j'imagine.

— Il n'y en a pas d'autre.

— Je devrais faire ça seule ?

— Si je suis impliquée dans l'incendie, on ne me fera aucun crédit pour te reconnaître. Or, il faut que ce soit moi qui te reconnaisse en premier. En outre, que crois-tu qu'on pensera si je suis là ?

— Je ne sais pas.

— Il ne faudra pas quarante-huit heures pour que tout soit découvert. Si vous êtes seules toutes les deux, si tu suis bien ce que je veux que tu fasses, on ne se posera aucune question.

— Est-ce que je devrais frapper Micky ?

— Micky sera ivre. Tu lui donneras un cachet de plus que d'habitude pour dormir. Comme ensuite Micky sera toi et qu'on fera sans doute une autopsie, débrouille-toi dès à présent pour que la terre entière sache que tu prends des somnifères. Et ce jour-là, mange ce qu'elle mange, bois ce qu'elle boit s'il y a des témoins.

— Et je devrais me brûler ?

Est-ce que Jeanne avait attiré ma tête contre sa joue à ce moment-là pour me réconforter ? En me racontant la scène, elle le prétendait, elle disait que c'est alors qu'elle avait commencé à s'attacher à moi.

— C'est le seul problème. Si je dois te retrouver même d'un rien reconnaissable, nous sommes perdues toutes les deux, ce n'est pas la peine d'aller plus loin parce que je t'identifierais comme étant Do.

— Je ne pourrai jamais.

— Si, tu pourras. Je te jure que si tu fais ce que je te dis, cela ne durera pas plus de cinq secondes. Ensuite, tu ne sentiras plus rien. Je serai là quand tu te réveilleras.

— Qu'est-ce qui ne doit pas être reconnaissable ? Comment puis-je savoir si je ne vais pas mourir là-dedans, moi aussi ?

— Le visage et les mains, dit Jeanne. Cinq secondes entre le moment où tu sentiras le feu et celui où tu seras hors de danger.

J'avais pu. Jeanne était restée avec nous deux semaines. La veille du 1er juillet, elle avait prétexté un voyage d'affaires à Nice. J'avais pu rester trois jours seule avec Micky. J'avais pu continuer à agir d'une façon normale. J'avais pu aller jusqu'au bout.

Le soir du 4 juillet, on vit la MG à Bandol. On vit Micky s'enivrer avec son amie Domenica, en compagnie d'une demi-douzaine de jeunes gens de rencontre. À une heure du matin, la petite voiture blanche fonçait vers le Cap Cadet, Domenica au volant.

Une heure plus tard, la villa flambait d'un côté, le côté du garage et de la salle de bains de Domenica. Une fille de vingt ans mourait brûlée vive dans la chambre voisine, portant un pyjama et une bague à la main droite permettant de l'identifier comme étant moi. L'autre ne réussissait pas à la tirer des flammes mais laissait l'illusion d'avoir voulu la sauver. Au rez-de-chaussée, que le feu gagnait, elle accomplissait ses derniers gestes de marionnette. Elle enflammait une boule de tissu, une chemise de nuit de Micky, la prenait dans ses mains en hurlant, s'en couvrait la tête. Cinq secondes plus tard, c'était en effet fini. Elle s'était abattue au pied d'un escalier sans avoir pu atteindre une piscine où l'on ne jouait plus aux boules et dont l'eau se ridait de proche en proche sous les flammèches.

J'avais pu.

— À quelle heure es-tu d'abord revenue à la villa ?

— Vers vingt-deux heures, dit Jeanne. Vous étiez parties dîner depuis un long moment. J'ai changé l'écrou et ouvert la veilleuse sans l'allumer. Tu n'as eu, en montant, qu'à jeter un bout de coton hydrophile enflammé dans la pièce. Tu devais le jeter après avoir donné les somnifères à Micky. Je présume que c'est ce que tu as fait.

— Où étais-tu, toi ?

— Je suis retournée à Toulon me montrer. Je suis entrée dans un restaurant, j'ai dit que je revenais de Nice, que j'allais au Cap Cadet, quand je suis arrivée à nouveau à la villa, elle ne brûlait pas. Il était deux heures du matin, j'ai compris que tu avais pris du retard. Il était prévu qu'à deux heures, tout serait fini. Mais sans doute Micky a fait quelques difficultés pour rentrer. Je ne sais pas. Tu devais subitement te sentir malade. Elle t'aurait reconduite à une heure. Quelque chose n'a pas marché, car c'est toi qui conduisais la voiture au retour. À moins qu'on se soit trompé, je ne sais pas.

— Qu'est-ce que tu as fait ?

— J'ai attendu sur la route. Vers deux heures quinze, j'ai vu les premières flammes. J'ai attendu encore. Je ne voulais pas arriver la première sur les lieux. Quand je t'ai ramassée sur les escaliers devant la maison, il y avait une demi-douzaine de gens en pyjama ou en robe de chambre qui ne savaient que faire. Les pompiers des Lecques sont arrivés ensuite et ont arrêté l'incendie.

— Il était prévu que j'essaierais de la tirer hors de ma chambre ?

— Non. Ce n'était pas une si mauvaise idée, car les inspecteurs de Marseille ont été assez impressionnés. Mais c'était dangereux. Je pense d'ailleurs que c'est pour ça que tu étais noire des pieds à la tête. En définitive, tu as dû te laisser prendre au piège dans la chambre et sauter par la fenêtre. Tu devais enflammer la chemise de nuit au rez-de-chaussée. Nous avions compté cent fois les pas nécessaires pour tomber dans la piscine. Dix-sept. Tu devais attendre aussi pour enflammer la chemise de nuit que des voisins accourent, de manière à tomber dans la piscine au moment où ils arrivaient. Il semble que tu n'aies pas attendu. En fin de compte, tu as peut-être eu peur qu'on ne te repêche pas assez vite, et tu n'as pas sauté dans la piscine.

— J'ai pu m'évanouir sur le coup, en me couvrant la tête, et ne pas pouvoir aller plus loin.

— Je ne sais pas. La blessure que tu avais au sommet du crâne était très large et très profonde. Le docteur Chaveres pense que tu as sauté du premier.

— Avec cette chemise de nuit autour de la tête, si je n'atteignais pas la piscine, je pouvais mourir ! Ton plan était bizarre, tu sais.

— Non. Nous avons fait brûler quatre chemises de nuit semblables. Ça n'a jamais pris plus de sept secondes, sans courant d'air. Tu devais atteindre la piscine en dix-sept pas. Cinq secondes, ou même sept secondes, uniquement les mains et le visage, tu ne pouvais pas mourir. Cette blessure à la tête n'était pas prévue. Pas plus que les brûlures que tu avais sur le corps.

— Est-ce que j'ai pu agir autrement qu'il n'était prévu ? Pourquoi ne t'aurais-je pas écoutée jusqu'au bout ?

— Je te raconte les choses à ma façon, dit Jeanne. Tu ne m'écoutais peut-être pas si facilement. C'était plus compliqué. Tu avais peur de ce que tu aurais à faire, peur des suites, peur de moi. Au dernier moment, je pense que tu as voulu en rajouter. On l'a retrouvée à la porte de la chambre, elle aurait dû se trouver dans son lit, ou tout près de son lit. Peut-être même as-tu vraiment voulu, un instant, la sauver pour de bon. Je ne sais pas.

Je dormis dix nuits, quinze nuits, durant ce mois d'octobre, en faisant le même rêve : j'essayais, avec des mouvements d'une extrême rapidité mais parfaitement inefficaces, d'arracher une jeune fille aux longs cheveux à l'incendie, à la noyade, à l'écrasement d'un énorme véhicule que personne ne conduisait. Je me réveillais glacée, en sachant bien que j'étais lâche. Assez lâche pour faire avaler des cachets de gardénal à une malheureuse et la brûler vive. Trop lâche pour me refuser ce mensonge d'avoir voulu la sauver. L'amnésie était une fuite. Si je ne me rappelais pas, c'est que pour rien au monde, pauvre petit ange, je n'aurais supporté de me rappeler.

Nous restâmes à Paris jusqu'à la fin octobre. Je vis les films de vacances de Micky. Vingt, trente fois. J'appris ses gestes, sa démarche, la manière qu'elle avait de tourner brusquement les yeux vers la caméra, vers moi.

— C'était la même brusquerie dans la voix, me dit Jeanne. Tu parles trop lentement. Elle attaquait toujours une phrase avant d'avoir fini la précédente. Elle sautait d'une idée à une autre, comme si parler était un ronron inutile, comme si tu avais déjà tout compris.

— Il faut croire qu'elle était plus intelligente que moi.

— Je n'ai pas dit ça. Essaie encore.

J'essayais. J'y arrivais. Jeanne me donnait une cigarette, tendait la flamme, m'étudiait :

— Tu fumes comme elle. Sauf que tu fumes. Elle aspirait deux bouffées, puis elle écrasait la cigarette. Mets-toi bien dans la tête qu'elle lâchait aussitôt ce qu'elle touchait. Elle ne s'intéressait pas à une idée plus de quelques secondes, elle changeait de vêtements trois fois par jour, les petits garçons ne lui faisaient pas la semaine, elle aimait le jus de pamplemousse aujourd'hui, et la vodka demain. Deux bouffées, tu écrases. Ce n'est pas difficile. Tu peux rallumer une autre cigarette aussitôt, ce sera très bien.

— Ça revient cher, non ?

— Là, c'est toi qui parles, pas elle. Ne répète jamais ça.

Elle me mit au volant de la Fiat. Après quelques manœuvres, je pus la conduire sans trop de risques.

— La MG, qu'est-ce qu'elle est devenue ?

— Elle a brûlé avec le reste. On l'a trouvée écrabouillée dans le garage. C'est fou, tu tiens le volant comme elle. Tu n'étais pas si sotte, tu savais observer. Et puis, il faut bien dire que tu n'as jamais conduit que sa voiture. Si tu es sage, je t'en paierai une quand nous serons dans le Midi. Avec « ton » argent.

Elle m'habillait comme Micky, me fardait comme Micky. Des jupes de gros lainages amples, des jupons, du linge blanc, vert d'eau, bleu ciel. Des escarpins Raffermi.

— Comment c'était, quand tu étais talonneuse ?

— Moche. Tourne un peu pour voir.

— Quand je tourne, j'ai mal à la tête.

— Tu as de jolies jambes. Elle aussi, je ne sais plus. Elle tenait le menton plus haut, comme ça, regarde. Marche.

Je marchais. Je m'asseyais. Je me levais. Je faisais un pas de valse. J'ouvrais un tiroir. Je tendais un index napolitain en parlant. Je riais plus net, plus aigu. Je restais droite, les jambes écartées, un pied perpendiculaire à l'autre. Je disais : « Murneau, un drôle de truc, *ciao*, c'est fou, je t'assure, pauvre de moi, j'aime, je n'aime pas, tu sais, un tas de machins. » Je balançais la tête d'un air de doute, avec un regard en dessous.

— C'est pas mal. Quand tu t'assois avec une jupe pareille, ne montre pas tes jambes plus qu'il ne faut. Place-les de côté, bien parallèles, comme ça. Il y a des moments où je ne me rappelle plus comment elle faisait.

— Je sais : mieux que moi.

— Ce n'est pas ce que j'ai dit.

— C'est ce que tu penses. Tu t'énerves. Je fais ce que je peux, tu sais. Je m'y perds dans ces machins.

— Je crois l'entendre, continue.

C'était la pauvre revanche de Micky. Plus présente que la Domenica d'autrefois, c'est elle qui guidait mes jambes lourdes, mon esprit exténué.

Un jour, Jeanne me conduisit chez des amis de la morte. Elle ne s'éloigna pas de moi, elle dit à quel point j'étais malheureuse, tout se passa bien.

Dès le lendemain, j'eus le droit de répondre au téléphone. On me plaignait, on était fou d'inquiétude, on me suppliait d'accorder cinq minutes d'entretien. Jeanne gardait un écouteur, m'expliquait ensuite qui m'avait parlé.

Elle n'était pas là, cependant, le matin où Gabriel, l'amant de l'ancienne Do, appela. Il dit qu'il savait mes ennuis, il m'expliqua lui-même qui il était.

— Je veux vous voir, ajouta-t-il.

Je ne savais comment déformer ma voix. L'angoisse de dire une bêtise achevait de me réduire au silence.

— Vous m'entendez ? dit-il.

— Je ne peux pas vous voir en ce moment. Il faut que je réfléchisse. Vous ne savez pas dans quel état je suis.

— Écoutez-moi bien : il faut que je vous voie. Je n'ai pas pu vous atteindre pendant trois mois, maintenant, je ne vous lâche plus. J'ai besoin de savoir certaines choses. Je viens.

— Je ne vous ouvrirai pas.

— Alors, méfiez-vous, me dit-il. J'ai une sale qualité : je suis obstiné. Vos ennuis me font que dalle. Ceux de Do sont plus graves : elle est morte. Je viens ou non ?

— Je vous en supplie. Vous ne comprenez pas. Je ne veux voir personne. Laissez-moi un peu de temps. Je vous promets que je vous verrai plus tard.

— Je viens, dit-il.

Jeanne arriva avant lui et le reçut. J'entendais leurs voix dans le vestibule du rez-de-chaussée. J'étais étendue sur mon lit, un poing ganté contre ma bouche. Après un moment, la porte d'entrée se referma et Jeanne vint me prendre dans ses bras.

— Il n'est pas dangereux. Il doit s'imaginer qu'il serait un salaud s'il ne venait pas te demander comment sa petite amie est morte, mais ça ne va pas plus loin. Calme-toi.

— Je ne veux pas le voir.

— Tu ne le verras pas. C'est fini. Il est parti.

On m'invita. Je rencontrai des gens qui ne savaient comment me parler, qui se contentaient d'interroger Jeanne et de me souhaiter bon courage.

Jeanne organisa même une petite réception, rue de Courcelles, un soir de pluie. C'était deux ou trois jours avant notre départ pour Nice. Une sorte d'examen à blanc, de générale, avant que je fusse lâchée dans ma nouvelle existence.

J'étais loin d'elle, dans une pièce du rez-de-chaussée, quand je vis entrer François Roussin qui n'était pas invité. Elle l'avait vu également et, d'un groupe à un autre, elle se rabattit calmement dans ma direction.

François m'expliqua qu'il était là, non en amant qui insistait, mais en secrétaire qui accompagnait son patron. Il semblait néanmoins très disposé à laisser parler l'amant lorsque Jeanne parvint à nous rejoindre.

— Laissez-la tranquille, ou je vous vide, lui dit-elle.

— Ne menacez jamais les gens de ce que vous n'êtes pas capable de faire. Écoutez, Murneau, d'une seule tarte, je vous allonge. Je vous jure que moi, je le ferai si vous continuez à m'embêter.

Ils parlaient à voix basse, sans même perdre leur attitude de bonne compagnie. Je pris le bras de Jeanne et demandai à François de s'en aller.

— Il faut que je te parle, Micky, insista-t-il.
— Nous avons déjà parlé.
— Il y a des choses que je ne t'ai pas dites.
— Tu m'en as assez dit.

C'est moi qui entraînai Jeanne loin de lui. Il s'en alla aussitôt. Je le vis bavarder avec François Chance, et comme il enfilait son pardessus, dans le vestibule, son regard croisa le mien. Il n'y avait rien dans ses yeux qu'une sorte de rage et je me détournai.

Dans la soirée, tout le monde parti, Jeanne me serra longtemps contre elle, me dit que je m'étais comportée comme elle l'espérait, que nous allions réussir, que nous avions déjà réussi.

Nice.

Le père de Micky, George Isola, était très maigre, très pâle, très vieux. Il me regardait en dodelinant de la tête, les yeux pleins de larmes, sans oser m'embrasser. Quand il le fit, ses sanglots me gagnèrent. Je vécus un moment absurde, parce que je n'étais pas effrayée ni malheureuse, mais chavirée de bonheur de le voir si heureux. Je crois que, pendant quelques minutes, j'oubliai que je n'étais pas Micky.

Je promis de revenir le voir. Je lui assurai que je me portais bien. Je lui laissai des cadeaux et des cigarettes avec le sentiment que c'était abominable. Jeanne m'emmena. Dans la voiture, elle me laissa pleurer tout mon soûl, mais elle me demanda pardon ensuite de devoir profiter de mon émotion : elle avait pris rendez-vous avec le docteur Chaveres. Elle me conduisit chez lui directement. Elle pensait qu'il valait mieux, à tout point de vue, qu'il me vît dans cet état.

Il dut penser, en effet, que la visite à mon père m'avait secouée au point de compromettre ma guérison. Il me trouva physiquement et moralement très abattue, il prescrivit à Jeanne de m'isoler encore quelque temps. Ce qu'elle souhaitait.

Il était comme je me le rappelais, lourd, les cheveux rasés, avec des mains épaisses de boucher. Je ne l'avais pourtant entrevu qu'une fois, entre deux éclats de lumière, avant ou après mon opération. Il me dit les inquiétudes de son beau-frère, le docteur Doulin, ouvrit devant moi le dossier que celui-ci lui avait envoyé.

— Pourquoi avez-vous cessé de le voir ?

— Ces séances, intervint Jeanne, la mettaient dans un état effroyable. Je lui ai téléphoné. Il a décidé lui-même qu'il valait mieux les arrêter.

Chaveres, qui était plus âgé, peut-être plus énergique que le docteur Doulin, dit à Jeanne qu'il s'adressait à moi, et qu'il lui serait reconnaissant de me laisser seule avec lui. Elle refusa.

— Je veux savoir ce qu'on lui fait. J'ai confiance en vous, mais je ne la laisserai seule avec personne. Vous pouvez parler devant moi et elle aussi.

— Qu'est-ce que vous en savez ? dit-il. Je vois sur ces rapports qu'en effet, vous avez assisté à tous les entretiens qu'elle a eus avec le docteur Doulin. Il n'a rien pu obtenir d'elle depuis sa sortie de clinique. Vous voulez la guérir, oui ou non ?

— Je veux que Jeanne reste, dis-je. Si elle doit partir, je pars aussi. Le docteur Doulin m'avait promis que la mémoire me reviendrait en très peu de temps. J'ai fait ce qu'il voulait. J'ai joué avec des cubes et des fils de fer. J'ai raconté mes ennuis pendant des heures. Il m'a fait des piqûres. S'il s'est trompé, ce n'est pas la faute de Jeanne.

— Il s'est trompé, soupira Chaveres, mais je commence à comprendre dans quelles conditions.

Je voyais mes pages d'écriture involontaire dans le dossier qu'il avait ouvert.

— Il s'est trompé ? s'étonna Jeanne.

— Oh ! je vous en prie, ne prenez pas ce mot-là, comme si vous saviez ce qu'il signifie. Cette petite ne souffre d'aucune lésion. Ses souvenirs s'arrêtent comme ceux d'un vieux gaga, vers cinq ou six ans. Les habitudes ont persisté. Il n'y a pas un spécialiste des maladies de la mémoire et du langage qui ne prendrait ça pour une amnésie lacunaire. Le choc, l'émotion… ça peut durer trois semaines, à son âge, ou trois mois. Si le docteur Doulin s'est trompé, il s'est bien aperçu qu'il se trompait, sinon je ne le saurais pas. Je suis chirurgien, pas psychiatre. Vous avez lu ce qu'elle a écrit ?

— Je l'ai lu.

— Qu'est-ce qu'il y a de si particulier dans les mots *mains, cheveux, yeux, nez, bouche* ? Ce sont des termes qui reviennent tout le temps.

— Je ne sais pas.

— Moi non plus, figurez-vous. Ce que je sais, c'est que cette petite était malade *avant* l'accident. Était-elle exaltée, violente, égocentrique ? Avait-elle tendance à s'apitoyer sur elle-même, à larmoyer dans son sommeil, à faire des cauchemars ? Lui avez-vous connu des colères soudaines, comme ce jour où elle a levé une main plâtrée sur mon beau-frère ?

— Je ne comprends pas. Micky est émotive, elle a vingt ans, il est possible qu'elle soit d'un naturel assez violent, mais elle n'était pas malade. Elle était même très sensée.

— Grands dieux ! Je n'ai jamais dit qu'elle n'était pas sensée ! Entendons-nous bien. Cette petite, avant l'incendie, et comme beaucoup plus de gens qu'il n'y aura jamais de fumeurs de pipe ou d'amateurs de timbres-poste, présentait certains caractères de nature hystérique. Si je prétends qu'elle était malade, c'est d'abord une appréciation personnelle du degré où commence la maladie. Ensuite parce que certaines amnésies ou aphasies sont parmi les *stigmates* traditionnels de l'hystérie.

Il se leva, contourna la table, vint vers moi qui me trouvais près de Jeanne, sur un divan de cuir de son cabinet. Il me prit par le menton. Il me fit tourner la tête vers Jeanne.

— Est-ce qu'elle a l'air gâteuse ? Son amnésie n'est pas lacunaire, mais élective. Pour que vous compreniez, je simplifie : elle n'a pas oublié une tranche déterminée de sa vie, une tranche temporelle, même la plus large. Elle refuse de se *rappeler* quelque chose ou quelqu'un. Vous savez pourquoi le docteur Doulin en est venu là ? Parce que même jusqu'à quatre ou cinq ans, il y a des trous. Ce quelque chose ou ce quelqu'un doit toucher, de près ou de loin, tant de souvenirs depuis sa naissance qu'elle les a rayés les uns après les autres, tous. Vous comprenez ce que je veux dire ? Vous avez déjà lancé des pierres dans l'eau ? Ces figures excentriques qui s'étendent de cercle en cercle, c'est à peu près ça.

Il lâcha mon menton et traça des ronds dans le vide.

— Prenez mes radios et le rapport de l'opération, continua-t-il, vous y verrez que mon rôle s'est borné à la couturer. Cent quatorze points de suture. Croyez-moi, j'avais une bonne main cette nuit-là, et je suis bien placé pour savoir que je ne l'ai pas « touchée ». Il ne s'agit pas d'une lésion, même pas du contrecoup d'un choc physique, son cœur nous le dirait mieux que sa tête. C'est le refus psychique caractérisé d'une petite qui était *déjà* malade.

Je ne pus en supporter davantage. Je me levai, je demandai à Jeanne de m'emmener. Il me retint vivement par le bras.

— Je *tiens* à te faire peur, me dit-il en haussant le ton. Tu guériras peut-être seule, peut-être pas. Mais si j'ai un conseil, un vrai, un bon, à te donner, c'est de revenir me voir. Et aussi de penser à ceci : cet incendie n'est pas de ta faute, cette jeune fille n'est pas morte à cause de toi. Que tu refuses de te la rappeler ou non, elle a existé. Elle était jolie, elle avait ton âge, elle s'appelait Domenica Loï, elle est vraiment morte et tu n'y peux plus rien.

Il arrêta mon bras avant que j'eusse frappé. Il dit à Jeanne qu'il comptait sur elle pour que je le revoie.

Nous restâmes trois jours à Nice, dans un hôtel devant la mer. Le mois d'octobre finissait mais il y avait encore des baigneurs sur le sable. Je les regardais de la fenêtre de notre chambre et je me persuadais que je reconnaissais cette ville, ce goût de sel et d'algues qu'apportait le vent.

Jeanne, pour rien au monde, ne m'aurait ramenée chez le docteur Chaveres. Elle le tenait pour un crétin, du genre brutal. Il n'était pas hystérique mais paranoïaque. À force de recoudre des têtes, son cerveau s'était transformé en pelote à aiguilles. Les trous, c'est lui qui les avait. Dans le crâne.

J'aurais pourtant aimé le revoir. Il était certainement brutal, mais je regrettais de l'avoir interrompu. Il ne m'avait pas tout dit.

— Il imagine que tu veux t'oublier toi-même ! ironisait Jeanne. C'est à ça que ça revient.

— S'il savait qui je suis, il inverserait, ne fais pas l'idiote. Je voudrais oublier Micky, c'est tout.

— S'il inversait, son beau raisonnement ne tiendrait pas une seconde, précisément. J'ignore ce qu'il entend par hystérie, je peux à la rigueur penser que Micky méritait parfois d'être soignée, mais toi, tu étais parfaitement normale. Je ne t'ai jamais vue ni exaltée ni peste comme elle l'était.

— C'est moi qui ai voulu frapper le docteur Doulin, c'est moi qui t'ai frappée. C'est vrai, ça !

— À ta place et dans l'état où tu es, j'imagine que n'importe qui en ferait autant. Moi, je prendrais une barre de fer. Ceci n'empêche que c'est toi aussi qui as reçu une volée à te marquer pour huit jours, sans même oser te défendre, d'une cinglée qui ne devait pas peser un gramme de plus que toi. Or il s'agit de toi, pas d'elle !

Le troisième jour, elle m'annonça que nous allions revenir au Cap Cadet. L'ouverture du testament approchait. Il serait nécessaire qu'elle y assistât et elle devrait me laisser quelques jours seule avec une domestique. Elle ne me jugeait pas de taille encore à tenir mon rôle à Florence. Au Cap Cadet, où l'on avait commencé les réparations deux semaines après l'incendie, seule la chambre de Domenica restait inhabitable. J'y serais loin des autres et je retrouverais sans doute une ambiance qui faciliterait ma guérison.

Nous eûmes, à ce sujet, notre première querelle depuis le jour où je l'avais semée dans une rue de Paris. L'idée de revenir à la villa, où toutes les traces de l'incendie ne pouvaient être effacées, et d'ailleurs l'idée même de guérir là-bas m'affolaient. Comme toujours, je cédai.

Dans l'après-midi, Jeanne me laissa seule une heure à la terrasse de l'hôtel. Elle revint dans une autre voiture que la sienne, un cabriolet Fiat 1500 qui n'était pas blanc mais bleu ciel, et elle me dit qu'il était à moi. Elle me donna les papiers et les clefs et je lui fis faire un tour de Nice.

Le lendemain matin, nous nous suivîmes sur la Corniche et sur la route de Toulon, elle devant dans sa voiture, moi derrière dans la mienne. L'après-midi, nous arrivâmes au Cap Cadet. Mme Yvette nous y attendait, balayant ferme le plâtre et les gravats qu'avaient laissés les maçons. Elle n'osa pas me dire qu'elle ne me reconnaissait pas, elle fondit en larmes et alla se cacher dans la cuisine, en répétant avec un accent méridional prononcé : « Pauvre monde, pauvre monde. »

La maison était basse, avec un toit presque plat. La peinture extérieure n'était pas terminée. Il restait de larges traces de suie du côté que l'incendie avait épargné. On avait refait le garage et la salle à manger où Mme Yvette nous servit le soir.

— Je ne sais pas si vous aimez toujours les rougets, me dit-elle, mais j'ai pensé que cela vous ferait plaisir. Qu'est-ce que vous en dites, de vous retrouver dans notre beau pays ?

— Laisse-la tranquille, coupa Jeanne.

Je goûtai le poisson et déclarai qu'il était très bon. Mme Yvette en fut un peu réconfortée.

— Tu pourrais apprendre à vivre, tu sais, Murneau, dit-elle à Jeanne. Je vais pas la manger, ta petite.

En apportant les fruits, elle se pencha sur moi et m'embrassa sur la joue. Elle dit que Murneau n'était pas la seule à s'être fait du mauvais sang pour moi. Il ne s'était pas passé un jour, durant ces trois mois, sans que quelqu'un, aux Lecques, lui demandât des nouvelles.

— Il y a même un niston, il est encore venu

hier après-midi pendant que je nettoyais là-haut. Celui-là, vous avez pas dû être méchante avec lui.

— Un quoi ?

— Un niston, un petit. Il doit guère avoir plus que vous. Dans les vingt-deux, vingt-trois ans. Remarquez, vous avez pas de honte à avoir. Il est beau comme un astre et il sent bon comme vous. Je le sais parce que je lui fais la bise, je l'ai connu qu'il était pas plus grand que la table.

— Et Micky le connaissait ? demanda Jeanne.

— Eh, il faut croire. Il arrête pas de me demander quand vous allez revenir et où vous êtes.

Jeanne la regardait d'un air ennuyé.

— Oh ! il viendra bien, acheva Mme Yvette. Il est pas loin. Il travaille à la poste de La Ciotat.

À une heure du matin, couchée dans la chambre qu'avait occupée Micky au début de l'été, je ne dormais toujours pas. Mme Yvette était rentrée aux Lecques. Un peu avant minuit, j'avais entendu Jeanne marcher dans mon ancienne chambre et entrer dans la salle de bains refaite. Elle vérifiait probablement qu'aucun indice gênant ne demeurait malgré l'enquête et les maçons.

Elle se coucha ensuite dans la troisième chambre au bout du couloir. Je me levai et allai la rejoindre. Je la trouvai en train de lire, en combinaison blanche sur son lit défait, un livre intitulé : *Les Maladies de la mémoire*, d'un certain Delay.

— Ne marche pas pieds nus, me dit-elle. Assieds-toi ou prends mes chaussures. Je dois d'ailleurs avoir des savates quelque part, dans mes valises.

Je posai sur une table le livre que je lui avais pris des mains et me laissai tomber près d'elle.

— Qui est ce garçon, Jeanne ?

— Je n'en sais rien.

— Qu'est-ce que je disais exactement au téléphone ?

— Rien qui doive t'empêcher de dormir. Pour être dangereux, il faudrait qu'il ait eu à la fois le télégramme et nos communications. Ce n'est guère vraisemblable.

— La poste de La Ciotat, c'est grand ?

— Je ne sais pas. Il faudra que nous y fassions un tour demain. Maintenant, va te coucher. Il n'est d'ailleurs pas certain que les communications téléphoniques passent par La Ciotat.

— Il y a le téléphone ici. J'ai vu un appareil en bas. On pourrait le savoir tout de suite.

— Ne fais pas l'imbécile. Va te recoucher.

— Je peux dormir avec toi ?

Dans l'obscurité, elle me dit soudain qu'il y avait un pépin qui aurait pu nous inquiéter bien davantage.

— J'ai retrouvé une clef anglaise dans la salle de bains, avec un tas d'affaires plus ou moins brûlées. Elle était au fond d'une lessiveuse. Ce n'est pas la mienne. Celle dont je me suis servie ce soir-là, je l'ai jetée. Il est possible que tu en aies acheté une quelque part, pour dévisser chaque jour l'écrou.

— Je te l'aurais dit. Je m'en serais débarrassée.

— Je ne sais pas. Je n'avais pas pensé à ça. J'ai

cru que tu prenais celle de la sacoche, dans la MG. De toute manière, les enquêteurs ne l'ont pas vue ou ils n'en ont pas fait cas en la voyant.

Plus tard, je me rapprochai d'elle pour savoir si elle dormait. Je lui demandai dans le noir pourquoi elle s'était attachée à moi depuis le premier après-midi, à la clinique – enfin, si c'était seulement à cause du testament, pour jouer le jeu. Comme elle ne répondait pas, je lui dis que j'aurais voulu, de toutes mes forces, me souvenir et l'aider. Je lui dis que j'aimais bien ma voiture bleu ciel et tout ce qui venait d'elle.

Elle répondit qu'elle dormait.

Les jours suivants, je continuai ce que Jeanne appelait mon « entraînement ». Je pouvais constater mes progrès aux réactions de Mme Yvette. Plusieurs fois par jour, elle répétait : « Ah ! vous n'avez pas changé ! »

Je m'efforçais d'être plus vive, plus exubérante, parce que Jeanne, parfois, m'accusait d'être molle ou me disait : « C'est parfait, ma chiffe, encore un peu comme ça, et nous irons faire le trottoir ensemble en Amérique du Sud. Les prisons françaises, c'est pas gai. »

Mme Yvette étant presque tout le jour à la villa, nous étions obligées de sortir. Jeanne m'emmenait à Bandol, comme Micky trois mois plus tôt avait dû le faire, ou bien nous restions, au milieu du soleil, allongées sur la plage. Un après-midi, un pêcheur qui passait dans sa barque parut saisi de voir une estivante d'automne en maillot de bain et gants blancs.

Le garçon dont avait parlé Mme Yvette n'était pas venu. La poste de La Ciotat nous avait semblé assez importante pour écarter l'idée d'une indiscrétion, mais les communications téléphoniques pour le Cap Cadet y étaient bien centralisées.

Quatre jours avant l'ouverture du testament, Jeanne plaça une valise à l'arrière de sa voiture et partit. La veille au soir, nous étions allées dîner à Marseille dans la mienne. Elle m'avait parlé à table de manière inattendue : de ses parents (elle était née à Caserte, italienne malgré son nom), de ses débuts chez la Raffermi, de la « bonne période » qui, entre dix-huit et vingt-six ans, avait été la sienne, avec une voix sereine, enjouée. Au retour, alors que j'allais de virage en virage, entre Cassis et La Ciotat, elle avait laissé glisser sa tête sur mon épaule, un bras autour de moi, m'aidant à tenir le volant chaque fois que je me déportais.

Elle m'avait promis de ne rester à Florence que le temps nécessaire à certaines régularisations du testament. La semaine avant sa mort, la Raffermi avait ajouté à celui-ci, sous forme d'une seconde enveloppe, la clause qui fixait la date d'ouverture à ma majorité, au cas où elle viendrait à mourir avant. C'était ou bien par enfantillage de vieille femme, pour ennuyer Micky (théorie de Jeanne), ou simplement parce qu'elle se sentait décliner rapidement et voulait ménager un délai à ses hommes d'affaires pour mettre ses comptes à jour (théorie de François Chance). Je ne voyais pas ce que cela changeait, mais Jeanne disait qu'un codicille pouvait poser plus de problèmes que le remplacement pur et simple d'un testament, et que de toute manière plusieurs familiers de la Raffermi utiliseraient ce vice ou un autre pour nous créer des ennuis.

Il était entendu, depuis notre visite, que Jeanne prendrait le père de Micky en passant à Nice. Au moment de me quitter, la présence de Mme Yvette l'empêcha de me faire d'autres recommandations que couche-toi tôt et sois sage.

Mme Yvette s'installa dans la chambre de Jeanne. Ce premier soir, je ne pus dormir. Je descendis boire un verre d'eau à la cuisine. Puis, comme la nuit semblait belle, je passai une veste de Jeanne sur ma chemise de nuit et je sortis. Dans l'obscurité, je fis le tour de la villa. En mettant mes mains dans les poches de la veste, je trouvai un paquet de cigarettes. Je m'adossai contre un mur, au coin du garage, et en pris une que je portai à ma bouche.

Quelqu'un, près de moi, me tendit du feu.

J'ASSASSINE

Le garçon surgit dans le soleil de juin alors que Micky venait de refermer son magazine, allongée sur la petite plage de galets au pied du promontoire. D'abord, il lui parut immense, parce qu'il était debout au-dessus d'elle, en chemise blanche et pantalon de toile délavé, mais elle devait s'apercevoir par la suite qu'il était d'une taille moyenne, et même plutôt petit. Par contre, il était très joli, avec de larges yeux noirs, un nez droit, des lèvres de fille, et une curieuse façon de se tenir raide, les épaules hautes, les mains dans les poches.

Il y avait deux ou trois semaines que Micky habitait avec Do la villa du Cap Cadet. Elle était seule, cet après-midi-là, parce que Do avait pris la voiture pour aller acheter elle ne savait quoi dans une boutique de La Ciotat : un pantalon qu'elles avaient regardé ensemble et qu'elle trouvait infect, ou des boucles d'oreilles roses, infectes également. Plus tard, en tout cas, c'est ce que Micky raconta au garçon.

Il était venu sans bruit, sans remuer les galets

sous ses pieds. Il était mince, il avait la vivacité attentive des chats.

Micky rabattit ses lunettes de soleil sur ses yeux, pour mieux le voir. Elle se redressa en tenant d'une main contre sa poitrine le soutien-gorge dégrafé de son bikini. Il lui demanda, d'une voix sans accent, si Micky c'était elle. Puis, sans attendre la réponse, il s'assit à ses côtés, légèrement de face d'un mouvement merveilleusement coulé, comme s'il ne faisait que celui-là dans la vie. Elle lui dit, pour la forme, que c'était une plage privée, qu'elle lui serait reconnaissante de déguerpir.

Comme elle semblait avoir quelque peine à agrafer son soutien-gorge, les deux mains dans le dos, il se pencha vivement, et avant qu'elle s'en fût rendu compte, c'est lui qui l'avait fait.

Ensuite, il dit qu'il allait se baigner. Il se débarrassa de sa chemise, de son pantalon et de ses espadrilles, s'éloigna dans un vilain short kaki de l'armée, entra dans l'eau.

Il nageait comme il marchait, tranquillement, silencieusement. Il revint vers elle, de courtes mèches de cheveux bruns sur le front, chercha des cigarettes dans les poches de son pantalon. Il en offrit une à Micky, une gauloise presque à demi vidée de son tabac. Une goutte d'eau tomba sur la cuisse de la jeune fille lorsqu'il lui donna du feu.

— Vous savez pourquoi je suis là ?

Micky répondit que ce n'était pas difficile à deviner.

— M'étonnerait, dit-il. Les filles, j'en ai tant

que j'en veux. Je fais le voyeur depuis huit jours, mais croyez bien que c'est pas pour ça. De toute manière, c'est votre amie que je regarde. Elle est pas mal, d'ailleurs, mais ce qui m'intéresse, ça ne se voit pas. C'est là.

Il se planta un index sur le front, bascula en arrière et s'étendit au soleil, sa cigarette aux lèvres, un avant-bras sous la tête. Après une bonne minute de silence, il tourna les yeux, enleva sa gauloise de sa bouche, et déclara :

— Bon sang, vous n'êtes pas curieuse !

— Qu'est-ce que vous voulez ?

— Eh bien, c'est pas trop tôt. Qu'est-ce que vous croyez que je veux ? Dix sacs ? Cinq cents sacs ? Qu'est-ce que ça vaut, votre petit cœur qui bat ? Y a des vedettes, elles sont assurées. Les bras, les jambes, le reste. Vous êtes assurée, vous ?

Micky parut se détendre, ôta ses lunettes pour éviter d'être blanche autour des yeux et dit qu'on lui avait déjà fait ce coup-là. Il pouvait, au pied de la lettre, se rhabiller.

— Confondez pas, dit-il. Je suis pas assureur.

— Ça, je le sais bien.

— Je suis un brave type. Je sais entendre, je sais voir, je veux vous faire profiter d'une information. En plus, je suis un gagne-petit. Pour cent sacs, je vous fais la fleur.

— Si chaque fois qu'on m'a fait le coup depuis que je sors seule, j'avais donné ça, je serais ruinée. Vous allez vous rhabiller, oui ?

Il se souleva et sembla renoncer à ses idioties. Sans se déhancher, en dressant juste un peu les jambes, il passa son pantalon. Micky le trouvait extraordinaire à regarder bouger. Plus tard, elle le lui dit. À ce moment-là, elle se contentait de l'observer, les yeux mi-clos.

« *D'abord, Jeanne, c'est une détraquée*, récita-t-il, en s'immobilisant, assis, regardant la mer. *Tu sais de quel signe elle est ? Du Taureau. Méfie-toi du Taureau comme de la peste, poussinoche, c'est des peaux de vache. Tout dans la tête et rien dans le cœur…* »

Micky remit une nouvelle fois ses lunettes. Il la regarda, sourit, passa sa chemise, ses espadrilles et se leva. Elle le retint par le bas du pantalon.

— Comment savez-vous ça ?

— Cent sacs.

— Vous m'avez entendu le dire. C'était dans un restaurant, à Bandol. Vous nous avez entendues ?

— Je ne suis pas allé à Bandol depuis l'été dernier. Je travaille à La Ciotat. À la poste. Je quitte mon service à seize heures trente. C'est aujourd'hui, il n'y a pas une heure, que j'ai entendu ça. J'allais m'en aller. Vous vous décidez, oui ou non ?

Micky se mit à genoux et, probablement pour gagner du temps, lui demanda une autre cigarette. Il la lui tendit après l'avoir allumée lui-même, comme il l'avait sans doute vu faire dans les films.

— À la poste ? C'était un coup de téléphone ?

— Florence, dit-il. Je suis un brave type. Ma parole que ça vaut largement cent sacs ! J'ai seulement besoin d'argent, comme tout le monde. Pour vous, c'est rien du tout.

— Vous êtes idiot, allez-vous-en.

— C'est elle qui téléphonait, dit-il. Votre amie. La correspondante, elle parle comme ça : « Réfléchis. Ça suffit. Raccroche. »

Micky entendit à ce moment la MG arriver devant la villa : Do qui rentrait. Elle baissa ses lunettes noires, regarda une nouvelle fois le garçon de bas en haut et lui dit d'accord, qu'il aurait ce qu'il demandait si l'information en valait la peine.

— L'information, quand je verrai les cent sacs, dit-il. Ce soir, à minuit, trouvez-vous au tabac des Lecques. Il y a un cinéma en plein air, dans la cour. Moi, j'y serai.

Il n'ajouta rien et s'en alla. Micky attendit que Do vînt la retrouver. Quand la jeune fille arriva, une serviette sur les épaules, en maillot de bain, l'air détendu et enjoué, Micky se dit qu'elle n'irait pas à ce tabac, ni ce soir ni jamais. Il était tard et le soleil déclinait.

— Qu'est-ce que tu as fait ?

— Rien, dit Do. Traîné. Elle est bonne ?

Do portait les boucles d'oreilles roses. Elle entra dans l'eau, comme elle le faisait toujours, en mouillant d'abord consciencieusement tous ses membres, puis d'un coup, avec un grand cri de Sioux.

Dans la voiture, en allant dîner à Bandol, Micky jeta un coup d'œil, au passage, sur le tabac des Lecques. Elle aperçut des lumières dans la cour derrière l'établissement, des affiches de films.

— J'ai rencontré un drôle de garçon, cet après-midi, dit-elle à Do. Un drôle de garçon avec de drôles d'idées.

Et comme Do ne réagissait pas, elle ajouta qu'en définitive elle allait se plaire dans ce pays.

À minuit moins vingt, ce soir-là, elle ramena Do à la villa, dit qu'elle avait oublié de passer dans une pharmacie, qu'elle en trouverait une ouverte à La Ciotat. Elle ralluma ses phares et repartit.

À minuit moins dix, elle laissa la voiture dans une petite rue qui faisait le coin du bar-tabac des Lecques, entra dans une cour entourée de toiles de bâches et vit les dernières minutes d'un film de cape et d'épée, assise sur une chaise pliante, sans arriver à repérer son petit escroc parmi les autres spectateurs.

Il l'attendait à la sortie, debout devant le comptoir du bar-tabac, l'œil fixé sur l'appareil de télévision, un pull-over bleu marine sur les épaules, manches nouées autour du cou.

— On va s'asseoir, dit-il en emportant son verre.

Sur une terrasse déserte, derrière des vitres que les phares des autos éclaboussaient à chaque instant, Micky sortit de la poche de son cardigan deux billets de dix mille francs, un billet de cinq.

— Si ce que vous avez à me dire est si intéressant, vous aurez le reste.

— Je suis un brave type. J'ai toujours confiance.

Et puis, je sais qu'en ce moment vous attendez une rentrée.

Il prit les billets, les plia soigneusement et les empocha. Il dit que quelques jours auparavant, il avait transmis un télégramme de Florence. Le gamin qui faisait les courses étant sorti pour la matinée, c'était lui qui s'était chargé de le porter.

— *Café de la Désirade*, à La Ciotat.

— En quoi cela me regarde ? dit Micky.

— Il vous était adressé.

— Je ne reçois pas ma correspondance dans des cafés.

— Votre amie, oui. C'est elle qui est venue le prendre. Je le sais parce qu'elle est passée au bureau un moment après. J'avoue qu'à ce moment, je n'y pensais déjà plus. Je me suis intéressé à elle parce qu'elle voulait téléphoner à Florence. L'employée qui a passé la communication est une copine. J'ai écouté. J'ai compris que c'était la destinataire du télégramme.

— Qui, à Florence ?

— Je l'ignore. Le télégramme n'était pas signé. Au téléphone, c'est une fille qui parle. Elle a l'air de savoir ce qu'elle veut. Si j'ai bien compris, c'est à elle que vous faites signe quand vous manquez d'argent. Vous voyez qui c'est ?

Micky fit oui de la tête, un peu pâle.

— Le télégramme, qu'est-ce qu'il disait ?

— C'est là que les choses se gâtent, dit le garçon avec une grimace. Je pense qu'on est en train de vous doubler, question fric ou quelque chose, mais si c'est plus grave, je tiens à être couvert.

Supposez que je me goure et que vous soyez obligée d'aller trouver les chaussettes à clous ? Où je vais, moi ? Aux Baumettes. Je voudrais pas qu'on s'imagine que le service que je rends, c'est du chantage.

— Il n'est pas question que j'aille trouver la police.

— Je le pense aussi. Ça ferait du bruit. Mais quand même. Tout ce que je veux, c'est être couvert.

— Quoi qu'il en soit, je vous promets que je ne parlerai pas de vous. C'est ce que vous voulez ?

— Cette blague, dit le garçon. Vos histoires, je n'y comprends rien et je m'en bats l'œil. Vos promesses aussi. C'est la décharge du télégramme qui peut me couvrir, rien d'autre. Vous signez dans le livre et nous sommes d'accord.

Il expliqua qu'il y avait un registre pour les réceptions de télégrammes. En général, le porteur négligeait de demander une signature. Il notait seulement la date et faisait des croix dans les cases.

— Vous signez par-dessus la croix de votre télégramme, comme si vous l'aviez reçu vous-même au *Café de la Désirade*, et moi, si vous me faites une entourloupette, je pourrai toujours me défendre.

Micky répondit qu'il n'était pas sérieux, que de toute manière, cette histoire, elle en avait déjà par-dessus la tête. Il pouvait s'estimer heureux d'avoir gagné vingt-cinq mille francs avec de la salive. Elle avait sommeil. Elle lui laissait les consommations.

Elle se leva et quitta la terrasse. Il la rejoignit devant la MG dans la petite rue où les lampes étaient éteintes. Il dit « tenez », lui rendit les billets, se pencha, l'embrassa légèrement sur la bouche, ouvrit la voiture, prit sur le siège un gros cahier noir qui, elle ne savait comment, s'y trouvait, prononça d'un trait « Clarisse joint. Tendresses », et s'en alla.

Elle le retrouva sur la route, à la sortie des Lecques, attendant tranquillement sur un talus qu'une voiture veuille bien le prendre. Micky le jugeait un peu trop astucieux. Elle rangea cependant son cabriolet un peu plus loin et attendit qu'il fût monté. Il avait à nouveau ses épaules horizontales, des mouvements coulés, un regard bas de petite frappe, mais il n'arrivait pas à cacher son contentement. Elle demanda :

— Vous avez aussi quelque chose pour écrire ?

Il tendit un crayon, ouvrit le registre noir.

— Où je signe ? dit-elle.

— Là.

Il regarda attentivement la signature à la lueur du tableau de bord, penché sur elle au point qu'elle sentit l'odeur de ses cheveux et lui demanda ce qu'il mettait dessus.

— Eau de Cologne pour hommes. Une marque qu'on ne trouve qu'en Algérie. J'ai fait mon service là-bas.

— C'est assez répugnant. Écartez-vous et répétez-moi le texte de ce télégramme.

Il répéta : « Clarisse joint. Tendresses. » Puis

il raconta trois fois ce qu'il se rappelait de la première communication. Il en avait écouté une autre le jour même, juste avant de se décider à venir sur la plage lui parler. Il guettait les abords de la villa depuis huit jours, de cinq heures de l'après-midi jusqu'au dîner.

Micky ne disait rien. Il finit par se taire aussi, après avoir réfléchi un long moment, sourcils froncés, elle passa en première et repartit. Elle le conduisait jusqu'au port de La Ciotat, où des cafés étaient encore éclairés, où un grand bateau dormait au milieu des barques. Avant de descendre, il demanda :

— Ça vous inquiète, ce que je vous ai dit ?

— Je ne sais pas encore.

— Vous voulez que je voie de quoi il retourne ?

— Allez-vous-en et oubliez ça.

Il dit O.K. Il descendit de la voiture, se pencha avant de refermer la portière, tendit la main.

— Je veux bien oublier, mais pas tout, dit-il.

Elle lui donna les vingt-cinq mille francs.

À deux heures du matin, lorsqu'elle monta vers les chambres, Domenica dormait. Micky entra dans la première salle de bains par la porte du couloir. Le nom de « Clarisse » lui rappelait quelque chose, elle ne savait quoi, et c'était lié à la salle de bains. Elle éclaira, vit la marque du chauffe-eau. Son regard suivit le conduit de gaz qui courait en haut des murs.

— Quelque chose ne va pas ? demanda Domenica en remuant dans son lit, dans la pièce voisine.

— Besoin de ton dentifrice.

Micky éteignit la pièce, ressortit par le couloir et alla se coucher.

Un peu avant midi, le jour suivant, Micky prévint Mme Yvette qu'elle allait avec Do déjeuner à Cassis, s'excusa d'avoir oublié de lui en parler, lui donna une course à faire dans l'après-midi.

Elle arrêta la MG devant la poste de La Ciotat. Elle dit à Do :

— Viens, j'ai un truc à expédier depuis plusieurs jours. Ça me sort toujours de la tête.

Elles entrèrent. Micky étudiait le visage de son amie par petits coups d'œil : Do n'était visiblement pas à son aise. Une préposée du bureau, comble de malchance, demanda gentiment :

— C'est pour Florence ?

Micky fit mine de n'avoir pas entendu, prit un formulaire de télégramme sur un comptoir et rédigea un texte pour Jeanne Murneau. Elle avait réfléchi longtemps avant de dormir, et préparé chaque mot :

Pardon, malheureuse, argent, je t'embrasse mille fois partout, sur le front, les yeux, le nez, la bouche, les deux mains, les deux pieds, sois gentille, je pleure. Ta Mi.

Si Jeanne trouvait les mots bizarres et s'inquiétait, le projet serait arrêté. Elle aurait eu sa chance.

Micky montra le texte à Do qui le lut sans le trouver ni particulièrement amusant, ni particulièrement bizarre.

— Moi, je le trouve assez drôle, ce télégramme, dit Micky. Juste ce qu'il faut. Veux-tu le passer au guichet ? Je t'attends dans la voiture.

Le garçon de la veille, toujours en chemise blanche, tamponnait des feuilles derrière un guichet. Il les avait aperçues dès leur entrée dans le bureau et s'était rapproché. Il suivit Micky dehors.

— Qu'est-ce que vous allez faire ?

— Rien, dit Micky. Si vous tenez au reste de l'argent, c'est vous qui « allez faire ». En sortant à cinq heures, filez à la villa. La femme de ménage sera sortie. Vous monterez au premier étage, la première porte à droite. C'est une salle de bains. Ensuite débrouillez-vous. Il vous faudra une clef anglaise.

— Qu'est-ce qu'elles vous veulent ? dit-il.

— Je n'en sais rien. Si j'ai bien compris, vous comprendrez aussi. Rapport ce soir au tabac des Lecques. Vers dix heures, si cela ne vous ennuie pas.

— Qu'est-ce que vous apporterez ?

— Je pourrai encore vous donner vingt-cinq mille francs. Ensuite, il faudra peut-être que vous attendiez quelques jours.

— Dites, jusqu'à maintenant, pour moi, c'est une histoire de filles, c'est pas sérieux. Si ce doit être plus grave, je ne marche pas.

— Du moment où je suis prévenue, ce ne sera

pas grave, dit Micky. En outre, vous avez raison : ce n'est qu'une histoire de filles.

Il l'attendit le soir, dans la petite rue où elle s'était rangée la veille.

— Ne descendez pas, dit-il, on file. Je ne tiens pas à me montrer deux fois avec vous au même endroit.

Ils longèrent la plage des Lecques, puis Micky prit la direction de Bandol.

— Je ne marche pas pour un truc de ce genre, dit-il dans la voiture. Même pour dix fois plus cher.

— J'ai besoin de vous.

— Tout ce que vous avez à faire, c'est de courir dare-dare chercher les flics. Il ne sera pas nécessaire de leur faire un dessin. Ils n'auront qu'à dévisser le tuyau et lire le télégramme : c'est votre peau qu'elles veulent.

— C'est plus compliqué que ça, dit Micky. Je ne peux pas aller trouver la police. J'ai besoin de vous pour arrêter ça, mais j'aurai besoin de Domenica encore plus, et pendant des années. N'essayez pas de comprendre, je n'ai pas envie de vous expliquer.

— Celle de Florence, qui est-ce ?

— Elle s'appelle Jeanne.

— Elle en veut tellement à votre argent ?

— Précisément, je ne le crois pas. Ou ce n'est pas la vraie raison, mais ça ne regarde personne. Ni la police, ni vous, ni Domenica.

Elle se tut jusqu'à Bandol. Ils roulèrent vers le

Casino, à l'extrémité de la plage, mais ils ne descendirent pas lorsqu'elle arrêta le moteur.

— Est-ce que vous comprenez comment elles vont procéder, vous ? demanda Micky en se tournant vers le garçon.

Elle portait, ce soir-là, un pantalon turquoise, des nu-pieds, le cardigan de la veille. Elle avait retiré ses clefs de contact, et plusieurs fois, en parlant, elle en porta une contre sa joue.

— Je suis resté dix minutes dans cette salle de bains, dit le garçon. J'ai vu que « Clarisse » était la marque du chauffe-eau. J'ai dévissé l'écrou de raccord au-dessus de la fenêtre. Le joint est tout mâché, tout humide. Il y a d'autres raccords dans le couloir, mais je ne me suis pas donné la peine de regarder. Un seul leur suffit. Elles n'ont besoin que d'une pièce fermée, et de la veilleuse du chauffe-eau. Qui s'est occupé de l'installation ? Elle est récente.

— Un plombier de La Ciotat.

— Mais qui était là au moment de ce travail ?

— Jeanne a dû venir en février ou en mars. C'est elle qui a suivi ça.

— Alors, elle peut avoir un écrou identique. Ce sont des écrous spéciaux, même si le joint était foutu, ils ne laisseraient pas filtrer le gaz assez vite pour provoquer une explosion. Et si elles devaient casser un écrou, ça se verrait. Elles en ont un autre.

— Vous voulez bien m'aider ?

— Qu'est-ce que je toucherai ?

— Ce que vous avez demandé : dix fois plus.

— J'aimerais bien savoir d'abord ce que vous

avez derrière la tête, dit-il après avoir réfléchi un instant. Le coup de l'imitation au téléphone, c'est ahurissant, mais ça se tient. J'ai observé cette fille mieux que personne ne le fera jamais. Pendant des heures. Elle ira certainement jusqu'au bout.

— Je ne crois pas, dit Micky.

— Qu'est-ce que vous pensez faire ?

— Rien, je vous l'ai dit. J'ai besoin de vous pour continuer à l'observer. Jeanne va venir nous rejoindre. Ce que je voudrais savoir, c'est quand elles veulent mettre le feu à la maison.

— Elles ne l'ont peut-être pas encore décidé.

— Lorsqu'elles le décideront, je veux être prévenue. Si je le sais, je vous promets qu'il ne se passera rien du tout.

— Bon. J'essaierai. C'est tout ?

— Le soir, en général, la villa reste vide de longs moments. Vous pouvez voir, quand nous partons, où en est le joint ? Cela nous renseignera peut-être. Je ne pourrai pas l'empêcher de continuer. Elle n'a qu'à fermer sa porte quand elle prend un bain.

— Pourquoi ne mettez-vous pas carrément les choses au point avec elles ? demanda le garçon. Vous savez avec quoi vous jouez en ce moment ?

— Avec le feu, dit Micky.

Elle eut un rire bref, sans gaieté, et remit le moteur en marche.

Au retour, elle parla surtout de lui, de la manière dont il se mouvait, qu'elle aimait bien. Il pensait qu'elle était jolie, plus appétissante que toutes les filles qu'il avait connues, mais qu'il devait être raisonnable. Même si elle acceptait sur l'heure de le suivre quelque part où se laisser aimer, dix fois cent sacs dureraient plus que le moment qu'ils passeraient ensemble.

Comme si elle lisait dans sa tête, elle lâcha le volant d'une main et lui tendit l'argent qu'elle avait promis pour le soir.

De toute manière, il habitait chez ses parents, et, chaque fois, c'était tout un cirque pour trouver un endroit.

Il fit ce qu'elle lui demandait. Quatre fois en une semaine, il vit partir les deux jeunes filles dans la MG pour aller passer la soirée Dieu savait où. Il s'introduisait dans la villa par le garage qui était toujours ouvert, il examinait le joint.

Il rencontra la petite héritière aux longs cheveux noirs deux fois : un après-midi où elle était seule sur la plage au pied du promontoire, un soir dans une brasserie du port, à La Ciotat. Elle semblait détendue comme si elle était sûre d'avoir la situation en main. Elle affirmait qu'il ne se passerait rien.

Elle changea brusquement d'attitude après l'arrivée au Cap Cadet de la grande fille aux cheveux dorés.

Il les observa toutes les trois pendant une autre longue semaine, avant que Micky lui fît signe. Il restait le plus souvent au bord de la route, derrière la maison, mais parfois il s'approchait, écoutait leurs voix dans les pièces. Un soir, Micky revint seule de la petite plage, en maillot, pieds nus. Elle lui donna rendez-vous pour le soir.

Ils se retrouvèrent sur le port de La Ciotat. Elle ne descendit pas de la MG, lui donna cinq billets de dix mille francs et déclara qu'elle n'avait plus besoin de ses services. À l'en croire, la grande fille s'était aperçue plusieurs fois de sa présence près de la maison. De toute manière, le projet n'était qu'une farce, elle le savait à présent. Elle lui conseillait amicalement de se contenter de l'argent qu'il avait reçu et d'oublier cette histoire. S'il l'ennuyait d'une quelconque façon, elle était décidée à lui en faire passer le goût, et elle en avait les moyens.

Avant de s'éloigner, la MG fit dix mètres, s'arrêta, refit dix mètres à reculons pour venir à la hauteur du garçon. Micky se pencha par la portière et dit :

— Au fait, je ne sais même pas votre nom.

Il répondit qu'elle n'avait pas besoin de le savoir.

J'AVAIS ASSASSINÉ

Il me dit qu'il se nommait Serge Reppo. D'abord, quand j'avais tenté d'appeler, il m'avait plaqué une main sur la bouche et m'avait poussée à l'intérieur du garage. Puis il avait compris que je n'avais plus l'intention de crier, que je l'écoutais, et il s'était contenté de me tenir contre lui, coincée entre ma voiture et un mur, mon bras droit retourné derrière le dos. Il avait parlé une demi-heure au moins sans me lâcher, d'une voix basse et inquiète, me serrant plus fort chaque fois que j'essayais de me dégager. J'étais penchée à la renverse sur l'avant de la Fiat, je ne sentais plus mes jambes.

La porte roulante du garage était restée à demi ouverte. La lune découpait un grand pan de lumière au fond du box. En se déplaçant, le visage tout proche du garçon semblait déplacer aussi la ligne d'ombre.

— Après ça, dit-il, j'ai laissé tomber. Le 5 juillet, j'ai appris que l'incendie avait bel et bien tué quelqu'un, et ça changeait tout. D'abord, j'ai pensé que la Domenica avait été la plus maligne, puis je me suis posé des questions. J'ai épluché les journaux, j'ai fait parler les gens d'ici, mais ça ne m'a rien appris. Le coup de l'amnésie, ça m'embêtait.

Comme il le faisait de plus en plus souvent depuis quelques minutes, il reprit longuement sa respiration et assura sa prise en me renversant davantage sur la voiture. Il devait être un peu plus âgé que Mme Yvette nous l'avait dit, ou bien c'était de petites rides au coin des yeux qui le vieillissaient quand son visage passait dans la lumière de la lune.

J'étais, moi, sans souffle. J'eusse encore voulu crier, je n'aurais pas pu.

— Trois mois, dit-il. Je vous jure que c'est un bail. Et puis, vous êtes revenue. Quand je vous ai vue avec la grande blonde, j'ai compris que l'autre ne s'en était pas tirée, que vous étiez Micky. J'ai bien eu quelques doutes, parce que vous avez pas mal changé depuis juillet. Ces cheveux, ce visage, allez vous y reconnaître ! Mais je vous ai observée, ces derniers jours. Toutes ces répétitions, marche comme ceci, boutonne ta veste comme ça, c'est du vent... Au fond, je ne pensais pas obtenir grand-chose. Mais maintenant, les scrupules, j'en ai plus beaucoup. C'est moi qui vous ai rancardée. Alors, je veux ma part. Pigé ?

Je secouai la tête avec désespoir, et il se méprit sur ce que je voulais dire.

— Faites pas l'andouille ! dit-il en me relevant brusquement contre lui, les reins brisés. Que vous ayez pris un coup sur la tête, je veux bien le croire.

Si c'était du bidon, ça se saurait. Mais vous savez très bien que vous l'avez tuée !

Je fis oui de la tête, cette fois.

— Lâchez-moi, je vous en supplie.

Ce n'était qu'un murmure, il dut lire sur mes lèvres, plus qu'il ne l'entendit.

— Vous avez bien compris, au moins ?

Je répétai oui d'un signe de tête exténué. Il hésita, lâcha mon poignet, s'écarta un peu, mais garda une main sur ma hanche, comme s'il craignait encore que je fusse capable de lui échapper. C'est cette main qui me retint comme je m'affalais sur le capot de la voiture. Je sentais sa moiteur à travers ma chemise de nuit.

— Elle revient quand, votre amie ?

— Je ne sais pas. Dans quelques jours. Je vous en prie, laissez-moi. Je ne crierai pas. Je ne m'enfuirai pas.

J'écartai sa main. Il recula contre le mur du garage et nous restâmes un long moment sans parler. Je m'appuyai sur ma voiture pour me redresser. Le garage tourna une fois, deux fois, mais je restai debout. Je m'aperçus alors que mes pieds étaient glacés, que j'avais perdu mes mules lorsqu'il m'avait poussée à l'intérieur du box. Je lui demandai de les ramasser.

Il me les donna, et lorsque je fus capable de les remettre, il fit à nouveau un pas vers moi.

— Je ne voulais pas vous effrayer. Au contraire, j'ai tout intérêt à ce que nous nous entendions. C'est vous qui m'avez forcé à vous basculer. En fait c'est tout simple. Je peux vous embêter ou vous laisser tranquille. Je ne tiens pas à vous embêter. Vous m'avez promis une brique. Vous m'en donnez deux, une pour vous, une pour la grande blonde. C'est honnête, non ?

Je dis oui à tout. Je n'aspirais qu'à être seule, loin de lui, pour remettre mes pensées en ordre. Je lui aurais promis n'importe quoi. Il dut s'en rendre compte, car il déclara :

— Pensez seulement à une chose : votre signature sur le registre, elle y est toujours. Je m'en vais, mais je suis là, je ne vous perds pas de vue, faites donc pas l'imbécile. Vous m'avez blousé une fois, mais une fois me suffit pour apprendre.

Il recula encore, apparut complètement dans la lumière sur le seuil.

— Je compte sur vous ?

Je répondis oui, oui, allez-vous-en. Il ajouta qu'il me reverrait, il disparut. Je ne l'entendis pas s'éloigner de la maison. Un moment plus tard, quand je sortis du garage, la lune éclairait un monde vide, j'aurais pu croire que je venais de faire un nouveau cauchemar.

Je ne pus fermer l'œil jusqu'au lever du jour. J'avais à nouveau mal à la nuque, dans le dos. Sous mes couvertures, je grelottais.

J'essayais de me rappeler mot par mot ce qu'il m'avait dit. Mais déjà, dans le garage, malgré la position dans laquelle il me maintenait, chacune des phrases qu'il me soufflait à la figure évoquait des images. Je n'avais pas pu m'empêcher de superposer ma propre vision à son récit. Tout était déformé.

D'ailleurs, qui croire ? Je n'avais jamais rien vécu. Je vivais les rêves des autres. Jeanne me racontait Micky à sa manière, et c'était un rêve. Je l'écoutais, à ma manière, et quand je me racontais ensuite les mêmes événements, le même personnage, c'était encore en rêve, un peu plus faux.

Jeanne, François Roussin, Serge Reppo, le docteur Doulin, Mme Yvette : des miroirs qui renvoyaient à d'autres miroirs. Rien de ce que je croyais n'avait, en définitive, existé autrement que dans ma tête.

Je n'essayai même pas, cette nuit-là, de trouver une explication à l'attitude étrange de la Micky de Serge Reppo. Encore moins de reconstruire une nouvelle fois cette autre nuit où la maison avait brûlé.

Je remuai sans fin, jusqu'à l'aube, des détails sans importance, comme l'âne autour du puits. Par exemple, j'imaginais le mouvement de Serge lorsqu'il s'était penché à l'intérieur de la MG pour reprendre le registre noir (pourquoi noir ? il ne me l'avait pas dit). Avait-il embrassé Micky *(Je vous ai même fait un bécot, en passant)* sur la joue, sur les lèvres, en se penchant, en se relevant ? Est-ce que seulement c'était vrai, ce qu'il racontait ?

Ou bien encore, je retrouvais sur moi l'odeur écœurante de cette eau de Cologne bon marché dont il inondait ses cheveux. Micky, elle aussi, l'avait remarquée. *Votre signature,* m'avait-il dit, *était très correcte, j'ai vérifié tout de suite à la lumière du tableau de bord. Même que vous m'avez demandé ce que je me mettais sur les cheveux. C'est un truc spécial, ça vient d'Algérie j'ai fait mon service là-bas. Vous voyez, je n'inventerais pas ça !*

Il avait peut-être dit la marque de cette eau de Cologne à Micky. Mais à moi, dans le garage, il ne l'avait pas dite – ça n'avait pas de nom. Plus que la pensée du mal qu'il pouvait nous faire, à Jeanne et à moi, cette odeur que je retrouvais ou croyais retrouver sur mes gants, sur mes bras, m'angoissait au point de devoir rallumer ma lampe. Le maître chanteur devait rôder autour de la maison, autour de moi. Il me surveillait comme son bien : une mémoire, un esprit qui lui appartenaient.

J'allai à la salle de bains, me lavai, me recouchai sans être dégagée de son emprise. Je ne savais pas où trouver des somnifères dans la maison. Je m'endormis alors que le soleil filtrait déjà sous mes volets.

Vers midi, quand Mme Yvette me réveilla, inquiète, il me sembla que l'odeur était toujours sur moi. Ma première pensée fut qu'il devait se douter que j'essaierais de prévenir Jeanne. Si je le faisais, il l'apprendrait d'une manière ou d'une autre, il s'affolerait, il nous dénoncerait. Il ne fallait pas.

Je sortis devant la maison après le déjeuner. Je ne le vis pas. Je crois que je lui aurais demandé la permission de téléphoner à Florence.

Je passai les deux jours suivants à me morfondre dans les plans les plus absurdes pour me débarrasser de lui sans prévenir Jeanne. J'errai sans but de la petite plage à un divan du rez-de-chaussée. Il ne revint pas.

Le troisième jour, qui était celui de mon anniversaire, un gâteau que m'avait préparé Mme Yvette me rappela l'ouverture du testament. C'était Jeanne qui allait me téléphoner.

Elle le fit dans l'après-midi. Serge devait se trouver à la poste. Il écouterait. Il comprendrait que j'étais Do. Je ne savais comment demander à Jeanne de me rejoindre. Je dis que j'allais bien, que je languissais d'elle. Elle répondit qu'elle languissait de moi.

Je percevais mal ce que sa voix avait de bizarre parce que j'étais tout entière préoccupée de la présence que je devinais entre nous, sur notre ligne, mais je finis par le remarquer.

— Ce n'est rien, dit-elle. Je suis fatiguée. J'ai quelques ennuis ici. Je suis obligée de rester absente encore un ou deux jours.

Elle me demanda de ne pas m'inquiéter. Elle m'expliquerait en rentrant. Au moment de raccrocher, ce fut comme si on me séparait d'elle pour toujours. Je ne fis, pourtant, qu'un bruit de baiser machinal contre l'appareil et ne lui dis rien.

Un autre matin, d'autres peurs.

Deux hommes, comme je regardais dehors par la fenêtre de ma chambre, prenaient des notes devant le garage. Ils levèrent la tête et me saluèrent d'un signe. Ils avaient l'air de policiers.

Quand je descendis, ils étaient partis. Mme Yvette me dit que c'était des employés du service des Pompiers de La Ciotat. Ils étaient venus vérifier quelque chose, elle ne savait pas quoi : une histoire de charpentes et de mistral.

Je pensai : « Ils » font une nouvelle enquête.

Je remontai m'habiller dans ma chambre. Je ne savais plus ce qui m'arrivait. Je tremblais, je voyais mes mains trembler. J'étais incapable à nouveau de passer mes bas seule, comme j'avais fini par l'apprendre. Pourtant, mon esprit était curieusement immobile, paralysé.

À un moment, après être restée longtemps debout au milieu de la chambre, pieds nus, mes bas à la main, j'entendis quelqu'un, en moi, me dire : « Si Micky savait, elle se serait défendue. Elle était plus robuste que toi, tu étais seule, elle ne serait pas morte. Ce garçon ment. » Quelqu'un d'autre disait : « Serge Reppo vous a déjà dénoncées. Ces hommes ne sont pas venus trois mois après l'incendie pour le plaisir de t'inquiéter. Fuis donc, rejoins Jeanne. »

Je sortis dans le couloir, à demi vêtue. Mes pas me portèrent comme une somnambule vers la chambre brûlée de Domenica.

Un inconnu s'y trouvait, assis sur un appui de fenêtre, dans un imperméable couleur mastic. J'avais dû l'entendre bouger, croire que c'était Serge, mais c'était un jeune homme que je n'avais jamais vu, maigre, les yeux tristes. Il ne fut pas surpris de me voir entrer, ni de ma tenue, ni de ma frayeur. Je restai adossée à la porte, les bas que j'avais dans les mains contre ma bouche, nous nous regardâmes longtemps sans dire un mot.

Maintenant, tout était vide, désert, incendié. La chambre, sans meubles, au parquet défoncé, mon cœur qui avait cessé de battre. Je voyais dans ses yeux qu'il me méprisait, qu'il était mon ennemi, qu'il savait comment, lui aussi, m'amener à ma perte.

Un volet à demi brûlé battit derrière lui. Il se leva et vint lentement jusqu'au milieu de la chambre. Il parla. Il m'avait déjà parlé un jour au téléphone. Il était Gabriel, l'ami de Domenica. Il dit que j'avais assassiné Domenica. Cela, il en avait eu le pressentiment le premier jour. À présent, il en était sûr, demain il en aurait les preuves. C'était un dément à la voix calme.

— Que faites-vous ici ?

— Je cherche, dit-il. Je vous cherche.

— Vous n'avez pas le droit d'entrer chez moi.

— C'est vous qui allez m'en donner le droit.

Il avait attendu. Il n'était pas pressé. Il avait bien fait d'attendre. Depuis la veille, il savait pourquoi j'avais tué Domenica. Il avait même un prétexte professionnel pour entrer chez moi. C'est tous frais payés qu'il passerait dans le Midi le temps nécessaire à prouver l'assassinat.

Le prétexte était une assurance-retraite-vie contractée par les employés de la banque où travaillait Domenica. C'était grâce à cette assurance qu'ils s'étaient connus. Il me demanda si je ne trouvais pas que la vie était étrange : il avait attendu trois mois, en sachant bien qu'une clause, dans ce contrat, lui permettrait de faire son enquête. Il avait même payé les dernières mensualités de sa poche, dès qu'il avait appris la mort de Do. Si sa compagnie découvrait cette indélicatesse, il ne retrouverait jamais une place nulle part, dans son métier. Mais, avant, il aurait vengé sa maîtresse.

Je me calmai un peu. Il voulait m'impressionner, me montrer son obstination. Il ne savait rien.

Il m'expliqua qu'en Italie les choses seraient différentes. On l'accueillerait à bras ouverts. Do n'avait en France qu'une assurance-complément de deux mille francs par mois pendant dix ans, mais les assurances de toutes sortes contractées par Sandra Raffermi représentaient des dizaines de millions. Si une objection quelconque jouait pour un contrat de rien du tout, les assureurs italiens seraient plus que vivement intéressés.

Une objection ? Les assurances de la Raffermi ? Je ne comprenais pas. L'angoisse me reprenait. Il parut même un peu surpris, puis il dut deviner qu'on ne m'avait pas mise au courant de certaines choses. Ce fut le seul moment où son visage s'éclaira, plus par ironie que par gaieté.

— Ce soir, demain, si vous m'empêchez de faire mon boulot, cette maison sera pleine de fouineurs encore plus fouineurs que moi, me dit-il. Il suffit que je me plaigne, sur mon rapport, du manque de compréhension d'une gamine qui a quelque chose à cacher. Je vais faire encore un petit tour dans la maison. Je vous conseille de vous habiller. Après, nous parlerons.

Il tourna les talons et alla tranquillement vers la

salle de bains incendiée. Sur le seuil, il se retourna. Il me dit d'une voix lente que mon amie avait de sérieuses difficultés à Florence : *c'était Do qui héritait.*

J'appelai tout l'après-midi, à Florence, les numéros que j'avais trouvés dans les papiers de Jeanne. Quelqu'un vers le soir répondit. On ne savait pas où joindre Jeanne, mais on me confirma que la Raffermi, dix jours avant sa dernière attaque, avait rédigé purement et simplement un autre testament. Je ne connaissais de l'italien que des expressions apprises durant les dernières semaines, et Mme Yvette, qui tenait l'écouteur, n'était pas une interprète très expérimentée. La conversation fut à peine compréhensible et je me rassurai en me disant que nous avions mal compris.

L'ami de Domenica tournait dans la maison. Il n'avait pas déjeuné, il n'avait même pas ôté son imperméable. Quelquefois, il s'approchait de moi et, malgré la présence de Mme Yvette, me posait des questions de policier auxquelles je ne pouvais répondre.

Il tournait, je n'osais pas le renvoyer, par crainte de paraître à d'autres encore plus suspecte, je me sentais comme prise au tourbillon de ses pas.

Il était là, marchant devant la maison, lorsque, soudain, le tourbillon s'arrêta sur une seule idée, une idée folle : *Micky avait aussi un mobile*

– *exactement le même que le mien! Prendre ma place pour récupérer son héritage!*

Je montai dans ma chambre, pris un manteau et l'argent que Jeanne m'avait laissé. Je changeai de gants. En ouvrant l'armoire où se trouvaient les propres, je vis le petit revolver à crosse de nacre que nous avions retrouvé dans une valise de Micky. J'hésitai longtemps. Finalement, je le pris.

En bas, devant le garage, l'homme à l'imperméable me regarda mettre ma voiture en marche sans mot dire. Comme je démarrais, il me rappela. Il se pencha par la portière, me demanda si maintenant je ne trouvais pas que la vie était étrange: c'était une jolie voiture qui allait me perdre.

— Vous saviez que Do allait hériter, me dit-il. Vous le saviez parce que votre tante vous l'avait annoncé. Vous lui avez téléphoné de Paris, lorsque votre gouvernante est venue vous chercher. C'est écrit noir sur blanc dans le testament. Vous avez fêté l'anniversaire de Do, au retour, vous l'avez assommée de somnifères, enfermée dans sa chambre et mis le feu à la salle de bains.

— Vous êtes complètement fou!

— Vous aviez tout prévu. Sauf deux choses: une, que vous perdriez la mémoire avec le reste et que vous oublieriez même votre projet de vous faire passer pour Domenica; deux, que le feu ne prendrait pas dans la chambre. Parce qu'il n'a pas pris!

— Je ne vous écoute plus. Allez-vous-en!

— Vous savez à quoi j'ai passé mon temps, durant ces trois mois? À étudier les dossiers d'incendie depuis la fondation de ma compagnie. L'inclinaison de la maison, la direction du vent, ce soir-là, la force de l'explosion, les endroits de la salle de bains où le feu s'est développé, tout indique que cette saloperie ne serait pas entrée dans la chambre de Domenica ! L'incendie aurait détruit un côté de la maison, il ne serait pas revenu à la renverse. Il vous a fallu le rallumer à partir du garage, sous sa chambre !

Je le regardais. Il voyait dans mes yeux que je me laissais convaincre. Il m'avait saisie par l'épaule. Je me dégageai.

— Écartez-vous ou je vous écrase !

— Et vous brûlerez votre voiture ensuite, comme vous avez brûlé l'autre ? Alors, cette fois, un conseil : ne vous laissez pas déborder, ne perdez pas la tête, *allez-y mollo quand vous crèverez votre réservoir !* Si on cherche bien, ça se remarque.

Je démarrai. Il buta contre l'aile arrière de la Fiat et perdit l'équilibre. J'entendis Mme Yvette qui criait.

Je conduisais trop mal depuis mon opération pour aller vite. Je voyais la nuit tomber, et s'allumer au loin du golfe des lumières de La Ciotat. Si Serge Reppo quittait son travail à dix-sept heures, comme en été, je ne le trouverais pas. Et il ne fallait pas qu'il parle.

Il n'était pas à la poste. J'appelai à nouveau Florence. Je ne pus atteindre Jeanne. Quand je me remis au volant, il faisait nuit, il faisait froid, je n'avais même pas le courage de déplier la capote de la voiture.

Je tournai un moment dans La Ciotat, comme si j'espérais apercevoir Serge Reppo, et en fait une partie de moi-même l'espérait. L'autre ne pensait qu'à Micky, que j'étais ou que je n'étais pas, et à Jeanne. Elle ne pouvait pas se tromper, elle ne pouvait pas me tromper. Serge mentait. Micky n'avait pas été au courant. J'étais Do et j'avais tué pour rien, pour un héritage qui m'échappait, mais qui m'eût été donné sans meurtre. Il aurait suffi d'attendre. C'était comique. Il fallait rire. Pourquoi ne riais-je pas ?

Je revins vers le Cap Cadet. Je vis au loin plusieurs autos dont les phares étaient allumés devant la maison. La police. Je m'arrêtai au bord de la route. J'essayais encore de me raisonner, de tirer des plans, de penser une nouvelle fois à cet incendie.

C'était comique aussi. Je ne cessais depuis trois mois de chercher, de fouiller. Je menais une enquête comme ce vaillant petit inspecteur d'assurances, mais j'avais trouvé mieux que lui : dans cette affaire qui le passionnait tant, on ne rencontrait jamais que moi. J'étais l'enquêteur, l'assassin, la victime, le témoin, tout ensemble. Ce qui s'était réellement passé personne ne le découvrirait qu'un petit bonze aux cheveux courts, ce soir, demain ou jamais.

Je m'approchai à pied de la maison. Au milieu des voitures noires de ceux qui avaient envahi le rez-de-chaussée, je vis la voiture blanche de Jeanne, décapotée, sa valise à l'arrière, une écharpe oubliée sur le siège avant. Elle était là…

Je m'éloignai à pas lents, serrée dans mon manteau, devinant dans ma poche, à travers mon gant, la forme du revolver de Micky. J'allai sur la plage. Serge n'y était pas. Je remontai sur la route. Il n'y était pas. Je repris ma voiture et revins à La Ciotat.

Je le trouvai une heure plus tard à la terrasse d'un café, en compagnie d'une fille aux cheveux roux. Quand il me vit descendre de la voiture, il regarda autour de lui, ennuyé de la rencontre. J'allai vers lui et il se leva. Il fit même deux pas vers moi, sous les lampes, ses deux derniers pas de mauvais chat. Je tirai sur lui à cinq mètres, le manquai, continuai d'avancer en déchargeant mon petit revolver. Il tomba en avant, la tête la première sur les pavés au bord du trottoir. Après la quatrième balle, j'appuyai deux fois en vain sur la détente, qui ne fonctionnait plus. Cela n'avait pas d'importance, je savais qu'il était mort.

Il y eut des cris, des bruits de course. Je remontai dans la Fiat. J'embrayai au milieu d'un flot qui se refermait sur moi. On s'écarta devant la voiture. Je me disais : maintenant, on ne pourra plus inquiéter Jeanne, elle me prendra dans ses bras, elle me bercera jusqu'à ce que je m'endorme, je ne lui demanderai rien que de continuer à m'aimer. Mes phares balayaient des vautours qui couraient dans tous les sens.

Dans la salle à manger de la villa, Jeanne était debout, adossée à un mur, tranquille, à peine plus pâle que celle que je connaissais, attendant.

C'est elle qui me vit la première apparaître en haut des marches. Son visage soudain décomposé, soulagé, éperdu, tout à la fois, m'aveugla sur tout le reste. Ce ne fut que bien plus tard, lorsqu'on m'écarta d'elle, que je m'aperçus de la présence des autres : Mme Yvette qui pleurait dans son tablier, Gabriel, deux policiers en uniforme, trois en civil, et l'un des hommes que j'avais vus le matin devant le garage.

Elle me dit qu'on m'accusait du meurtre de Domenica Loï, qu'on allait m'emmener et m'inculper, mais que c'était idiot : je devais avoir confiance en elle, je savais qu'elle ne les laisserait pas me faire du mal.

— Je sais, Jeanne.

— Il ne t'arrivera rien. Il ne peut rien t'arriver. Ils essaieront de t'influencer, mais n'écoute personne.

— Je t'écouterai toi.

Ils m'écartèrent. Jeanne demanda si nous pouvions monter ensemble préparer une valise. Un inspecteur à l'accent marseillais dit qu'il nous accompagnait. Il resta dans le couloir. Jeanne referma la porte de ma chambre et s'y adossa. Elle se mit à pleurer en me regardant.

— Dis-moi qui je suis, Jeanne.

Elle secoua la tête, les yeux pleins de larmes et dit qu'elle ne savait pas, j'étais sa petite fille, elle ne savait plus. Ça lui était égal, maintenant.

— Tu connaissais trop bien Micky pour te tromper. Tu me connais... Tu la connaissais bien, n'est-ce pas ?

Elle secouait la tête, secouait la tête, répondait non, non, c'était la vérité, elle ne la connaissait pas, elle était celle qui la connaissait le moins depuis quatre ans. Micky s'éloignait comme d'une pestiférée à son approche, elle ne la connaissait plus.

— Qu'est-ce qui s'est passé il y a quatre ans ?

Elle pleurait, pleurait, me prenait contre elle, disait : rien, rien, il ne s'est rien passé, rien, une bêtise, un baiser, rien, un baiser, mais elle n'a pas compris, elle n'a pas compris, elle ne pouvait plus supporter que je l'approche, elle n'a pas compris.

Elle m'écarta brutalement, essuyant ses yeux du dos de la main et prépara une valise. J'allai m'asseoir sur le lit, à côté d'elle.

— Je mets trois pulls, me dit-elle, plus calme. Tu me demanderas ce dont tu as besoin.

— Micky savait, Jeanne.

Elle secouait la tête, répondait je t'en prie, je t'en prie, elle ne savait rien, tu ne serais pas là si elle avait su. C'était toi qui serais morte.

— Pourquoi voulais-tu la tuer ? lui demandai-je plus bas, en la prenant par le bras. Pour cet argent ?

Elle secoua la tête, et répondit non, non, je n'en pouvais plus, je me moquais bien de l'argent, tais-toi, je t'en supplie.

Je renonçai. Je posai ma joue sur sa main. Elle la laissa. Elle rangea mes vêtements dans la valise, d'un seul bras. Elle ne pleurait plus.

— Je n'aurai eu que toi, en fin de compte, lui

dis-je. Ni héritage, ni rêve d'avant le sommeil, que toi.

— Qu'est-ce que c'est, « les rêves d'avant le sommeil » ?

— C'est toi qui me l'as dit : des histoires que je me racontais quand j'étais employée de banque.

Ils me posèrent des questions. Ils m'enfermèrent dans une chambre d'infirmerie. À nouveau la vie était le noir de mon sommeil, l'éclat dur de la lumière, quand on m'ouvrait la porte de la cour, pour ma promenade.

Je vis Jeanne derrière un grillage de parloir, deux fois. Je ne la tourmentai plus. Elle était pâle et abattue depuis qu'on lui avait appris le meurtre du petit postier. Elle avait compris beaucoup de choses qui s'étaient passées en son absence, et même le sourire qu'elle s'efforçait de me montrer s'était éteint.

Ils avaient expertisé les restes de la MG dans un cimetière d'autos de La Ciotat, fouillé la vie de Serge Reppo. Ils avaient retrouvé des traces de crevaison volontaire sur un réservoir éclaté mais rien pourtant qui pût les amener à une dépêche. Je finis d'ailleurs par savoir que le maître chanteur bluffait, qu'il n'existait pas de registre de décharge pour les télégrammes. Il avait dû faire signer Micky sur n'importe quoi.

J'avais tué Serge Reppo pour l'empêcher de parler du rôle de Jeanne, mais même mon second meurtre fut inutile. C'est elle qui parla, après avoir réuni l'argent qui nous restait pour assurer notre défense.

J'avouai quand j'appris que Jeanne s'était dénoncée. On m'inculpa, mais on l'inculpa tout de même. Je la vis quelques secondes, alors que je quittais le bureau du juge d'instruction. Nous nous croisâmes sur le seuil.

— Laisse-moi faire, tu veux? me dit-elle. Contente-toi d'être gentille et réfléchis.

Elle toucha mes cheveux et les trouva bien repoussés. Elle m'annonça qu'on allait m'emmener en Italie pour un complément d'information.

— Comporte-toi comme une bonne Micky, ajouta-t-elle. Sois comme je t'ai appris.

Elle raconta tout ce qu'on voulut et même davantage, mais elle ne dit jamais, personne ne sut jamais que c'était avec Domenica Loï qu'elle avait conclu un pacte. Je savais pourquoi : si je me taisais là-dessus, si j'étais Micky, la peine qu'on m'infligerait serait plus légère. Elle était ma gouvernante. Ce serait donc elle la vraie coupable.

Quand le noir revient, de longues heures s'ouvrent devant moi pour réfléchir.

Quelquefois, je suis certaine d'être Michèle Isola. J'apprends que je suis déshéritée, que Domenica et Jeanne complotent ma mort. Je décide d'abord de déjouer leurs projets, puis, à les voir ensemble, près de moi, je change d'avis, je reprends leur plan à mon compte, et je tue Domenica pour me substituer à elle.

Parfois, je me substitue à Do pour l'héritage, dont une marraine rancunière à l'approche de la fin m'a injustement frustrée. Parfois, j'agis ainsi pour retrouver je ne sais quelle tendresse perdue, celle de Jeanne. Parfois, pour me venger, parfois pour recommencer, parfois pour continuer à faire souffrir, parfois pour faire oublier qu'on a souffert. Parfois encore, la fois la plus vraie sans doute, pour tout cela ensemble, pour rester celle que je suis dans la fortune et être quelqu'un d'autre auprès de Jeanne.

Il y a aussi les moments de la nuit où je redeviens Domenica. Serge Reppo a menti, Micky ne savait rien. Je l'ai tuée, mais parce que le feu ne gagnait pas la chambre, j'ai allumé un autre incendie dans le garage. Et j'ai pris, sans le savoir, la place de celle qui, précisément, avait alors un mobile de meurtre.

Que je sois Domenica ou Michèle, je me laisse prendre au dernier moment dans la chambre en feu. C'est au premier étage, devant la fenêtre, que je tiens la chemise de nuit enflammée dans mes mains, que je m'en couvre le visage et la mords de douleur puisqu'on en retrouvera des morceaux calcinés dans ma bouche. Je bascule par la fenêtre, sur les marches de l'entrée. Des voisins accourent. Jeanne se penche sur moi, et puisque je dois forcément être Do, elle reconnaît Do dans mon corps noirci, mon visage sans cheveux et sans peau.

Puis, c'est le grand éclat de lumière de la clinique. Je suis la troisième. Je n'ai rien fait, rien voulu, je ne veux plus être aucune des deux autres. Je suis moi. Pour le reste, la mort reconnaîtra ses enfants.

On me soigne. On m'interroge. Je parle le moins possible. À l'instruction, devant mes défenseurs, auprès des psychiatres auxquels on me livre chaque après-midi, je me tais ou je ne me souviens pas. Je réponds au nom de Michèle Isola et je laisse Jeanne conduire nos destinées comme elle l'entend.

Même l'ironie méchante de marraine Midola ne me touche plus : le testament prévoit pour Micky une rente mensuelle, dont Domenica aurait eu la charge et qui représente exactement le salaire de l'ancienne employée de banque.

Micky... Deux cents coups de brosse quotidiens. Une cigarette allumée, aussitôt éteinte. La Micky s'endormant comme une poupée. La Micky pleurant dans son sommeil... Suis-je Micky ou Domenica ? Je ne sais plus.

Si Serge Reppo m'avait menti dans le garage, s'il avait tout inventé après coup, en lisant les journaux et en se souvenant d'un télégramme ? Tout : sa rencontre avec Micky sur la plage, la soirée du tabac des Lecques, l'espionnage dont elle l'aurait chargé avant le meurtre... Alors, je suis Do, tout s'est passé comme nous l'avions prévu avec Jeanne. Gabriel, dans son obstination à venger son ancienne amie, l'a perdue, et je me suis perdue moi-même en prenant la place de Micky, alors qu'elle seule avait intérêt au meurtre.

Domenica ou Micky ?

Si Serge Reppo n'a pas menti, c'est Jeanne qui s'est trompée, le soir de l'incendie, qui se trompe encore, qui se trompera toujours. Je suis Micky et elle ne le sait pas.

Elle ne le sait pas.

Elle ne le sait pas.

Ou elle l'a su depuis le premier instant, quand j'étais sans cheveux, sans peau, sans souvenirs.

Je suis folle.

Jeanne sait.

Jeanne a toujours su.

Parce que tout s'explique. Depuis que j'ai ouvert les yeux sous la lumière blanche, Jeanne est *la seule* à m'avoir prise pour Do. Tous ceux que j'ai rencontrés, jusqu'à mon amant, jusqu'à mon père, m'ont prise pour Micky. Parce que *je suis Micky*.

Serge Reppo n'a pas menti.

Jeanne et Do ont fait ensemble le projet de m'assassiner. J'ai appris ce qu'elles préparaient. J'ai tué Do pour devenir elle, parce que j'étais avertie par une marraine acariâtre du changement d'un testament.

Et Jeanne ne s'est jamais trompée. Elle a vu le soir de l'incendie que son plan avait échoué.

Elle savait que j'étais Micky, mais elle n'a rien dit. Pourquoi ?

Je me suis trompée sur une fiche d'hôtel parce que j'avais appris, avant l'incendie, à être Do. Je n'ai jamais été Do. Ni pour Jeanne, ni pour personne.

Pourquoi Jeanne n'a-t-elle rien dit ?

Les jours passent.

Je suis seule. Seule à chercher. Seule à essayer de comprendre.

Si je suis Micky, je sais pourquoi Jeanne a essayé de me tuer. Je crois que je sais pourquoi, ensuite, elle m'a fait croire, malgré tout, que j'étais sa complice. Elle se moquait bien de l'argent, tais-toi, je t'en supplie.

Si je suis Domenica, il ne me reste rien.

Dans la cour, à l'heure de la promenade, j'essaie de me voir dans le reflet d'une fenêtre. Il fait froid. J'ai toujours froid. Micky aussi devait avoir toujours froid. Des deux sœurs que je ne veux pas être, c'est à elle que je m'identifie le mieux. Domenica avait-elle froid, froid partout, à force d'avidité, de rancœur quand elle rôdait sous les fenêtres de sa victime aux longs cheveux ?

Le noir revient. La gardienne referme sur moi une cellule où vivent trois fantômes. Je suis dans mon lit comme au premier soir de la clinique. Je me rassure. Je peux encore cette nuit être celle que je veux.

Micky, qu'on aimait au point de vouloir la tuer ? Ou l'autre ?

Même quand je suis Domenica, je m'accepte. Je pense qu'on va m'emmener loin, pour un jour, une semaine ou davantage, et qu'en définitive tout ne me sera pas refusé : je vais voir l'Italie.

La détenue retrouva ses souvenirs un après-midi de janvier, quatorze jours après son retour de Florence, devant un verre d'eau qu'elle allait boire. Le verre tomba sur le sol mais, Dieu seul sait pourquoi, ne se brisa pas.

Jugée la même année aux assises d'Aix-en-Provence, elle obtint un non-lieu dans l'affaire Serge Reppo, en raison de son état au moment du meurtre. Elle fut condamnée à dix ans de réclusion criminelle pour complicité dans l'assassinat commis par Jeanne Murneau sur la personne de Domenica Loï.

Elle se montra très effacée durant les débats, laissant le plus souvent son ancienne gouvernante répondre aux questions qui leur étaient posées à titre commun.

En écoutant le verdict, elle pâlit quelque peu et porta une main gantée de blanc à sa bouche. Condamnée à trente ans de la même peine, Jeanne Murneau, par un réflexe habituel, lui fit doucement baisser le bras et lui dit quelques mots en italien.

Au gendarme qui l'accompagnait hors de la salle, la jeune fille apparut plus calme. Elle devina qu'il avait été en fonctions en Algérie. Elle put lui dire quelle eau de Cologne pour homme il utilisait. Elle avait connu un garçon, autrefois, qui s'en inondait la tête. Une nuit d'été, dans une voiture, il lui avait dit la marque, quelque chose d'attendrissant et de soldatesque, presque aussi infect que l'odeur : Piège pour Cendrillon.

Paris, février 1962.

DU MÊME AUTEUR

Aux Éditions Denoël

COMPARTIMENT TUEURS, 1962 (Folio nº 563; Folio Policier nº 67).

PIÈGE POUR CENDRILLON, 1962 (Folio Policier nº 73; La Bibliothèque Gallimard nº 39).

ADIEU L'AMI, 1968 (Folio nº 1777; Folio Policier nº 170).

LA DAME DANS L'AUTO AVEC DES LUNETTES ET UN FUSIL, 1970 (Folio nº 1223 et Folio Policier nº 43).

LA COURSE DU LIÈVRE À TRAVERS LES CHAMPS, 1972 (Folio nº 1781).

L'ÉTÉ MEURTRIER, 1977. Nouvelle édition en 1983 (Folio Policier nº 20).

LA PASSION DES FEMMES, 1986 (Folio nº 1950).

UN LONG DIMANCHE DE FIANÇAILLES, 1991 (Folio nº 2491 ; Folioplus classiques nº 27).

LES MAL PARTIS, 2000 (Folio nº 3536).

Écrits pour l'écran

LE PASSAGER DE LA PLUIE, 1992 (Folio nº 2606; Folio Policier nº 21).

Dans la collection « Des heures durant… »

COMPARTIMENT TUEURS – PIÈGE POUR CENDRILLON – LA DAME DANS L'AUTO AVEC DES LUNETTES ET UN FUSIL – ADIEU L'AMI – LA COURSE DU LIÈVRE À TRAVERS LES CHAMPS –

L'ÉTÉ MEURTRIER – LE PASSAGER DE LA PLUIE, 2003.

ÉCRIT PAR JEAN-BAPTISTE ROSSI : *La passion des femmes – Un long dimanche de fiançailles*, 2003.

En un volume aux Éditions Denoël / Robert Laffont

ÉCRIT PAR JEAN-BAPTISTE ROSSI : *Les Mal partis – Visages de l'amour et de la haine – Le Bonheur du jour*, 1987.

Aux Éditions Gallimard

VISAGES DE L'AMOUR ET DE LA HAINE, 1989 (Folio nº 2091).

ROMANS POLICIERS, coll. Quarto, 2011.

Dans la collection « Écoutez-lire »

UN LONG DIMANCHE DE FIANÇAILLES (4 CD).

COLLECTION FOLIO POLICIER

Dernières parutions

649.	Gabriel Trujillo Muñoz	*Mezquite Road*
650.	Boileau-Narcejac	*L'âge bête*
651.	Anthony Bourdain	*La surprise du chef*
652.	Stefán Máni	*Noir Océan*
653.	***	*Los Angeles Noir*
654.	***	*Londres Noir*
655.	***	*Paris Noir*
656.	Elsa Marpeau	*Les yeux des morts*
657.	François Boulay	*Suite rouge*
658.	James Sallis	*L'œil du criquet*
659.	Jo Nesbø	*Le léopard*
660.	Joe R. Lansdale	*Vanilla Ride*
661.	Georges Flipo	*Le commissaire n'aime point les vers*
662.	Stephen Hunter	*Shooter*
663.	Pierre Magnan	*Élégie pour Laviolette*
664.	James Hadley Chase	*Tu me suivras dans la tombe*
665.	Georges Simenon	*Long cours*
666.	Thomas H. Cook	*La preuve de sang*
667.	Gene Kerrigan	*Le chœur des paumés*
668.	Serge Quadruppani	*Saturne*
669.	Gunnar Staalesen	*L'écriture sur le mur*
670.	Georges Simenon	*Chez Krull*
671.	Georges Simenon	*L'inspecteur Cadavre*
672.	Kjetil Try	*Noël sanglant*
673.	Graham Hurley	*L'autre côté de l'ombre*
674.	John Maddox Roberts	*Les fantômes de Saigon*
675.	Marek Krajewski	*La peste à Breslau*
676.	James Sallis	*Bluebottle*
677.	Philipp Meyer	*Un arrière-goût de rouille*
678.	Marcus Malte	*Les harmoniques*

679.	Georges Simenon	*Les nouvelles enquêtes de Maigret*
680.	Dashiell Hammett	*La clé de verre*
681.	Caryl Férey – Sophie Couronne	*D'amour et dope fraîche*
682.	Marin Ledun	*La guerre des vanités*
683.	Nick Stone	*Voodoo Land*
684.	Frederick Busch	*Filles*
685.	Paul Colize	*Back up*
686.	Saskia Noort	*Retour vers la côte*
687.	Attica Locke	*Marée noire*
688.	Manotti – DOA	*L'honorable société*
689.	Carlene Thompson	*Les ombres qui attendent*
690.	Claude d'Abzac	*Opération Cyclope*
691.	Joe R. Lansdale	*Tsunami mexicain*
692.	F. G. Haghenbeck	*Martini Shoot*
693.	***	*Rome Noir*
694.	***	*Mexico Noir*
695.	James Preston Girard	*Le Veilleur*
696.	James Sallis	*Bête à bon dieu*
697.	Georges Flipo	*Le commissaire n'a point l'esprit club*
698.	Stephen Hunter	*Le 47e samouraï*
699.	Kent Anderson	*Sympathy for the Devil*
700.	Heinrich Steinfest	*Le grand nez de Lilli Steinbeck*
701.	Serge Quadruppani	*La disparition soudaine des ouvrières*
702.	Anthony Bourdain	*Pizza créole*
703.	Frederick Busch	*Nord*
704.	Gunnar Staalesen	*Comme dans un miroir*
705.	Jack Ketchum	*Une fille comme les autres*
706.	John le Carré	*Chandelles noires*
707.	Jérôme Leroy	*Le Bloc*
708.	Julius Horwitz	*Natural Enemies*
709.	Carlene Thompson	*Ceux qui se cachent*
710.	Fredrik Ekelund	*Le garçon dans le chêne*
711.	James Sallis	*Salt River*
712.	Georges Simenon	*Cour d'assises*

713. Antoine Chainas — *Une histoire d'amour radioactive*
714. Matthew Stokoe — *La belle vie*
715. Frederick Forsyth — *Le dossier Odessa*
716. Caryl Férey — *Mapuche*
717. Franck Bill — *Chiennes de vies*
718. Kjell Ola Dahl — *Faux-semblants*
719. Thierry Bourcy — *Célestin Louise, flic et soldat dans la guerre de 14-18*
720. Doug Allyn — *Cœur de glace*
721. Kent Anderson — *Chiens de la nuit*
722. Raphaël Confiant — *Citoyens au-dessus de tout soupçon…*
723. Serge Quadruppani — *Madame Courage*
724. Boileau-Narcejac — *Les magiciennes*
725. Boileau-Narcejac — *L'ingénieur aimait trop les chiffres*
726. Inger Wolf — *Nid de guêpes*
727. Seishi Yokomizo — *Le village aux Huit Tombes*
728. Paul Colize — *Un long moment de silence*
729. F. G. Haghenbeck — *L'Affaire tequila*
730. Pekka Hiltunen — *Sans visage*
731. Graham Hurley — *Une si jolie mort*
732. Georges Simenon — *Le bilan Malétras*
733. Peter Duncan — *Je suis un sournois*
734. Stephen Hunter — *Le sniper*
735. James Sallis — *La mort aura tes yeux*
736. Elsa Marpeau — *L'expatriée*
737. Jô Soares — *Les yeux plus grands que le ventre*
738. Thierry Bourcy — *Le crime de l'Albatros*
739. Raymond Chandler — *The Long Goodbye*
740. Matthew F. Jones — *Une semaine en enfer*
741. Jo Nesbø — *Fantôme*
742. Alix Deniger — *I cursini*
743. Anders Bodelsen — *Septembre rouge (Rouge encore)*
744. Patrick Pécherot — *La saga des brouillards*
745. Thomas H. Cook — *Secrets de famille*

746. Ken Bruen — *Chemins de croix*
747. David Ellis — *La comédie des menteurs*
748. Boileau-Narcejac — *À cœur perdu (Meurtre en 45 tours)*
749. Boileau-Narcejac — *Le mauvais œil* suivi d'*Au bois dormant*
750. Ingrid Astier — *Angle mort*
751. Carlene Thompson — *Jusqu'à la fin*
752. Dolores Redondo — *Le gardien invisible*
753. Dashiell Hammett — *Le sac de Couffignal* suivi d'*Âmes malhonnêtes* et de *Tulip*
754. Mario Falcone — *L'aube noire*
755. François Boulay — *Cette nuit…*
756. Didier Daeninckx — *Têtes de Maures*
757. Gunnar Staalesen — *Face à face*
758. Dominique Manotti — *L'évasion*
759. Laurent Guillaume — *Black cocaïne*
760. Jô Soares — *Meurtres à l'Académie*
761. Inger Wolf — *Mauvaises eaux*
762. Jo Nesbø — *Police*
763. Jonathan Ames — *Tu n'as jamais été vraiment là*
764. Jack Vance — *Méchant garçon*
765. John le Carré — *L'appel du mort*
766. Bill Pronzini — *Mademoiselle Solitude*
767. Franz Bartelt — *Chaos de famille*
768. Thierry Bourcy — *Les ombres du Rochambeau*
769. Georges Simenon — *Nouvelles exotiques*
770. Jo Nesbø — *L'inspecteur Harry Hole. L'intégrale, I*
771. Lorenzo Lunar — *La vie est un tango*
772. Nick Stone — *Cuba Libre*
773. Jean-Claude Izzo — *Fabio Montale*
774. Boileau-Narcejac — *Les intouchables*
775. Boileau-Narcejac — *Les visages de l'ombre*
776. Joe R. Lansdale — *Diable rouge*
777. Fredrik Ekelund — *Blueberry Hill*
778. Heinrich Steinfest — *Le poil de la bête*

779. Batya Gour — *Meurtre en direct*
780. Laurent Whale — *Les Rats de poussière I Goodbye Billy*
781. Joe R. Lansdale — *Le sang du bayou*
782. Boileau-Narcejac — *Le contrat*
783. Boileau-Narcejac — *Les nocturnes*
784. Georges Simenon — *Le bateau d'Émile*
785. Dolores Redondo — *De chair et d'os*
786. Max Bentow — *L'Oiseleur*
787. James M. Cain — *Bloody cocktail*
788. Marcus Sakey — *Les Brillants*
789. Joe R. Lansdale — *Les Mécanos de Vénus*
790. Jérôme Leroy — *L'ange gardien*
791. Sébastien Raizer — *L'alignement des équinoxes*
792. Antonio Manzini — *Piste noire*
793. Jo Nesbø — *Du sang sur la glace*
794. Joy Castro — *Après le déluge*
795. Stuart Prebble — *Le Maître des insectes*
796. Sonja Delzongle — *Dust*
797. Luís Miguel Rocha — *Complots au Vatican I Le dernier pape*
798. Caryl Férey — *Saga maorie*
799. Thierry Bourcy — *Célestin Louise, flic et soldat dans la guerre de 14-18*
800. Barry Gornell — *La résurrection de Luther Grove*
801. Antoine Chainas — *Pur*
802. Attica Locke — *Dernière récolte*
803. Maurice G. Dantec — *Liber mundi I Villa Vortex*
804. Howard Gordon — *La Cible*
805. Alain Gardinier — *DPRK*
806. Georges Simenon — *Le Petit Docteur*
807. Georges Simenon — *Les dossiers de l'Agence O*
808. Michel Lambesc — *La « horse »*
809. Frederick Forsyth — *Chacal*
810. Gunnar Staalesen — *L'enfant qui criait au loup*
811. Laurent Guillaume — *Delta Charlie Delta*
812. Laurent Whale — *Les Rats de poussière II Le manuscrit Robinson*

813.	J. J. Murphy	*Le cercle des plumes assassines*
814.	Éric Maravélias	*La faux soyeuse*
815.	DOA	*Le cycle clandestin, tome I*
816.	Luke McCallin	*L'homme de Berlin*
817.	Lars Pettersson	*La loi des Sames*
818.	Boileau-Narcejac	*Schuss*
819.	Dominique Manotti	*Or noir*
820.	Alberto Garlini	*Les noirs et les rouges*
821.	Marcus Sakey	*Les Brillants II Un monde meilleur*
822.	Thomas Bronnec	*Les initiés*
823.	Kate O'Riordan	*La fin d'une imposture*
824.	Mons Kallentoft, Markus Lutteman	*Zack*
825.	Robert Karjel	*Mon nom est N.*
826.	Dolores Redondo	*Une offrande à la tempête*
827.	Benoît Minville	*Rural noir*
828.	Sonja Delzongle	*Quand la neige danse*
829.	Germán Maggiori	*Entre hommes*
830.	Shannon Kirk	*Méthode 15-33*
831.	Elsa Marpeau	*Et ils oublieront la colère*
832.	Antonio Manzini	*Froid comme la mort*
833.	Luís Miguel Rocha	*Complots au Vatican II La balle sainte*
834.	Patrick Pécherot	*Une plaie ouverte*
835.	Harry Crews	*Le faucon va mourir*
836.	DOA	*Pukhtu. Primo*
837.	DOA	*Pukhtu. Secundo*
838.	Joe R. Lansdale	*Les enfants de l'eau noire*
839.	Gunnar Staalesen	*Cœurs glacés*
840.	Jo Nesbø	*Le fils*
841.	Luke McCallin	*La maison pâle*
842.	Caryl Férey	*Les nuits de San Francisco*
843.	Graham Hurley	*Le paradis n'est pas pour nous*
844.	Boileau-Narcejac	*Champ clos*
845.	Lawrence Block	*Balade entre les tombes*
846.	Sandrine Roy	*Lynwood Miller*
847.	Massimo Carlotto	*La vérité de l'Alligator*

848.	Benoît Philippon	*Cabossé*
849.	Grégoire Courtois	*Les lois du ciel*
850.	Caryl Férey	*Condor*
851.	Antonio Manzini	*Maudit printemps*
852.	Jørn Lier Horst	*Fermé pour l'hiver*
853.	Sonja Delzongle	*Récidive*
854.	Noah Hawley	*Le bon père*
855.	Akimitsu Takagi	*Irezumi*
856.	Pierric Guittaut	*La fille de la Pluie*
857.	Marcus Sakey	*Les Brillants III En lettres de feu*
858.	Matilde Asensi	*Le retour du Caton*
859.	Chan Ho-kei	*Hong Kong Noir*
860.	Harry Crews	*Des savons pour la vie*
861.	Mons Kallentoft, Markus Lutteman	*Zack II Leon*
862.	Elsa Marpeau	*Black Blocs*
863.	Jo Nesbø	*Du sang sur la glace II Soleil de nuit*
864.	Brigitte Gauthier	*Personne ne le saura*
865.	Ingrid Astier	*Haute Voltige*
866.	Luca D'Andrea	*L'essence du mal*
867.	DOA	*Le cycle clandestin, tome II*
868.	Gunnar Staalesen	*Le vent l'emportera*
869.	Rebecca Lighieri	*Husbands*
870.	Patrick Delperdange	*Si tous les dieux nous abandonnent*
871.	Neely Tucker	*La voie des morts*
872.	Nan Aurousseau	*Des coccinelles dans des noyaux de cerise*
873.	Thomas Bronnec	*En pays conquis*
874.	Lawrence Block	*Le voleur qui comptait les cuillères*
875.	Steven Price	*L'homme aux deux ombres*
876.	Jean-Bernard Pouy	*Ma ZAD*
877.	Antonio Manzini	*Un homme seul*
878.	Jørn Lier Horst	*Les chiens de chasse*
879.	Jérôme Leroy	*La Petite Gauloise*

880.	Elsa Marpeau	*Les corps brisés*
881.	Sonja Delzongle	*Boréal*
882.	Patrick Pécherot	*Hével*
883.	Attica Locke	*Pleasantville*
884.	Harry Crews	*Car*
885.	Caryl Férey	*Plus jamais seul*
886.	Guy-Philippe Goldstein	*Sept jours avant la nuit*
887.	Tonino Benacquista	*Quatre romans noirs*
888.	Melba Escobar	*Le salon de beauté*
889.	Noah Hawley	*Avant la chute*
890.	Tom Piccirilli	*Les derniers mots*
891.	Jo Nesbø	*La soif*
892.	Dominique Manotti	*Racket*
893.	Joe R. Lansdale	*Honky Tonk Samouraï*
894.	Antoine Chainas	*Empire des chimères*
895.	Jean-François Paillard	*Le Parisien*
896.	Luca d'Andrea	*Au cœur de la folie*
897.	Sonja Delzongle	*Le hameau des Purs*
898.	Gunnar Staalesen	*Où les roses ne meurent jamais*
899.	Mons Kallentoft, Markus Lutteman	*Bambi*
900.	Kent Anderson	*Un soleil sans espoir*
901.	Nick Stone	*Le verdict*
902.	Lawrence Block	*Tue-moi*
903.	Jørn Lier Horst	*L'usurpateur*
904.	Paul Howarth	*Le diable dans la peau*
905.	Frédéric Paulin	*La guerre est une ruse*
906.	Paul Colize	*Un jour comme les autres*
907.	Sébastien Gendron	*Révolution*
908.	Chantal Pelletier	*Tirez sur le caviste*
909.	Sonja Delzongle	*Cataractes*
910.	Elsa Marpeau	*Son autre mort*
911.	Joe Ide	*Gangs of L.A.*
912.	Francesco Dimitri	*Le livre des choses cachées*
913.	Jo Nesbø	*Macbeth*
914.	Dov Alfon	*Unité 8200*
915.	Jérôme Leroy	*Un peu tard dans la saison*
916.	Pasquale Ruju	*Une affaire comme les autres*

917.	Jean-Bernard Pouy	*Trilogie spinoziste*
918.	Abir Mukherjee	*L'attaque du Calcutta-Darjeeling*
919.	Richard Morgiève	*Le Cherokee*
920.	Antonio Manzini	*La course des hamsters*
921.	Gunnar Staalesen	*Piège à loup*
922.	Christian White	*Le mystère Sammy Went*
923.	Yûko Yuzuki	*Le loup d'Hiroshima*
924.	Caryl Férey	*Paz*
925.	Vlad Eisinger	*Du rififi à Wall Street*
926.	Parker Bilal	*La cité des chacals*
927.	Emily Koch	*Il était une fois mon meurtre*
928.	Frédéric Paulin	*Prémices de la chute*
929.	Sonja Delzongle	*L'homme de la plaine du nord*
930.	Sébastien Rutés	*Mictlán*
931.	Thomas Cantaloube	*Requiem pour une République*
932.	Danü Danquigny	*Les aigles endormis*
933.	Sébastien Gendron	*Fin de siècle*
934.	Jørn Lier Horst	*Le disparu de Larvik*
935.	Laurent Guillaume	*Là où vivent les loups*
936.	J. P. Smith	*Noyade*
937.	Joe R. Lansdale	*Rusty Puppy*
938.	Dror Mishani	*Une deux trois*
939.	Deon Meyer	*La proie*
940.	Jo Nesbø	*Le couteau*
941.	Joe Ide	*Lucky*
942.	William Gay	*Stoneburner*
943.	Jacques Moulins	*Le réveil de la bête*
944.	Abir Mukherjee	*Les princes de Sambalpur*
945.	Didier Decoin	*Meurtre à l'anglaise*
946.	Charles Daubas	*Cherbourg*
947.	Chantal Pelletier	*Nos derniers festins*
948.	Richard Morgiève	*Cimetière d'étoiles*
949.	Frédéric Paulin	*La fabrique de la terreur*
950.	Tristan Saule	*Mathilde ne dit rien*
951.	Jørn Lier Horst	*Le code de Katharina*
952.	Robert de Laroche	*La Vestale de Venise*
953.	Mike Nicol	*L'Agence*

Tous les papiers utilisés pour les ouvrages
des collections Folio sont certifiés
et proviennent de forêts gérées durablement.

Composition : IGS-CP à L'Isle-d'Espagnac (16)
Impression Novoprint
à Barcelone, le 7 mars 2022
Dépôt légal : mars 2022
1er dépôt légal dans la collection : avril 2016

ISBN : 978-2-07-046991-8 / Imprimé en Espagne

447018